Vieni con me

BROOKE MONTGOMERY

Playlist

Greatest Love Story | LANCO
when was it over? | Sasha Alex Sloan, Sam Hunt
More Than My Hometown | Morgan Wallen
I Want You Back | Taylor Swift
Wait | Maroon 5
One | Ed Sheeran
Just Give Me a Reason | P!nk, Nate Ruess
If You're Not The One | Daniel Bedingfield
Whatever It Takes | Lifehouse
Back To You | Selena
Never Really Over | Katy Perry
Let's Be Us Again | Lonestar
Here Without You | 3 Doors Down
The Man I Want to Be | Chris Young
Unforgettable | Thomas Rhett
Tennessee Whiskey | Chris Stapleton
Die From A Broken Heart | Maddie & Tae
The Good Ones | Gabby Barrett

Welcome to

SUGARLAND CREEK

RANCH AND EQUINE RETREAT

SUGARLAND CREEK, TN

~Benvenuti al Ranch e Agriturismo con maneggio Sugarland Creek~

La cittadina di Sugarland Creek ospita oltre duemila residenti ed è circondata dagli spettacolari monti Appalachi. Ci troviamo a soltanto quindici minuti dal centro, dove potete fare shopping nei graziosi negozietti, gustare un buon caffè, guardare un film o semplicemente godervi il panorama.

Il nostro è un ranch all-inclusive. Per quanto rustici, tutti i nostri bungalow sono accessibili agli ospiti con mobilità ridotta grazie alle rampe e ai sentieri con superfici stabili e lisce. In caso di necessità e in qualunque momento, il personale può offrire assistenza per il trasporto da un'attività all'altra con uno dei nostri mezzi accessibili. Non esitate a contattare la reception; altrimenti digitate il tasto "0" sul telefono della vostra stanza. Siamo a vostra completa disposizione.

Per rendere il soggiorno ancora più speciale, vi consigliamo di incontrare tutta la famiglia, per scoprire come il nostro ranch potrà offrirvi la vacanza più memorabile della vostra vita!

Ecco la famiglia Hollis:

Garrett e Dena Hollis

Il signore e la signora Hollis sono sposati da più di trent'anni e hanno cinque figli. Il Ranch Sugarland Creek ha ospitato più di tre generazioni Hollis. Oltre vent'anni fa, quando la famiglia ha acquistato la proprietà, ha deciso di aggiungere un agriturismo con maneggio per condividere con il pubblico il suo amore per i cavalli e la natura.

Wilder e Waylon
Fratelli gemelli, i maggiori

Landen
Il terzo figlio

Tripp
Il più giovane dei fratelli

Noah
L'unica figlia e la piccola della famiglia

Sia che abbiate scelto questo posto per rilassarvi e godervi il panorama, sia che siate pronti a sporcarvi le mani, svariate sono le attività che potete svolgere nel ranch:

Escursione a cavallo e tour
(10:00 e 16:00)
Trekking, mountain bike e pesca
(mappe disponibili alla reception)
Serata giochi di gruppo
(domenica e mercoledì)
Karaoke e square dance
(venerdì e sabato sera)
Miniclub
(aperto 24/24 7/7)
Piscina
(aperta dalle 9:00 alle 21:00 7/7)
Falò e marshmallow
(venerdì)
...e molto altro, a seconda della stagione!

L'agriturismo resta aperto 24 ore al giorno. Troverete la reception per gli ospiti, il ristorante e saloon "Sugarland" e una zona dedicata alla registrazione alle nostre attività.

Rimani sempre aggiornato su
sugarlandcreekranch.com

Siamo orgogliosi di offrire ai nostri clienti l'autentica cucina del Sud; quindi vi preghiamo di comunicarci in anticipo se avete eventuali restrizioni dietetiche o preferenze, così da potervi servire al meglio. Dalle 8:00 alle 13:00 offriamo il brunch. Il ristorante è aperto per la cena dalle 17:00 alle 19:00. Se gradite recarvi fuori dal ranch per un pasto o svolgere altre attività, distiamo a meno di un'ora da Gatlinburg e saremmo lieti di fornirvi mappe e suggerimenti.

Vi ringraziamo per la visita.
Speriamo di regalarvi un soggiorno magico!

-La famiglia Hollis e il team Sugarland

Vedi la mappa nella pagina successiva!

A	The Lodge/ Guest Services	**D**	Pool House & Swimming Area
B	Ranch Hand Quarters	**E**	Trail Horse Barn & Pasture
C	Guest Cabins	**F**	Riding Horse Corral

C
D
H
J
E

G — Hollis Fishing Pond & Hut
H — Bonfire Area
I — Family Game Nights Area
J — Gift Shop

SUGARLAND CREEK
RANCH AND EQUINE RETREAT
SUGARLAND CREEK, TN

Prologo

Ayden

10 ANNI FA

"Ti prego, Laney. Vieni con me!" la scongiuro per l'ennesima volta.

"Non andare! Non ancora. *Ti prego*". I suoi imploranti occhi verdi mi fissano mentre lancio la valigia sul sedile posteriore del pick-up, per poi chiudere la portiera. "Ayden, lo sai che non posso farlo".

Non è certo la prima volta che abbiamo questa discussione. Sa benissimo perché me ne sto andando.

"E tu sai perché non posso restare *qui*". Le prendo il viso tra le mani e asciugo le sue lacrime.

"E che ne sarà di noi?" mi chiede, cercando di riprendere fiato.

"Sei l'amore della mia vita, Laney, e lo sarai per sempre. Ma, se non vieni con me, allora è finita. Non tornerò più in Texas".

Vederla piangere mi sta distruggendo. Altre lacrime le rigano le guance, e sento che comincio a vacillare.

È colpa mia se i nostri cuori si stanno spezzando in mille pezzettini.

"Amore, ti prometto che, se vieni con me, mi prenderò cura di te".

Abbiamo soltanto diciotto anni, ma lei è l'unica donna che io abbia mai voluto sposare. Con cui voglio avere dei figli. Con cui voglio una famiglia. Cresciuto in un ambiente tossico, in lei ho trovato un rifugio.

È da un anno ormai che le ripeto che il giorno dopo il diploma avrei lasciato la nostra città, Beaumont. Quando mio padre mi ha fatto un occhio nero perché gli avevo detto che non avrei frequentato la sua vecchia università, ho capito che dovevo fuggire da questo posto.

Voleva trasformarmi in una star del football.

Io invece voglio poter scegliere la mia strada e scappare dai suoi abusi.

"Perché non puoi ricominciare da zero qui? Trovati un lavoro e metti da parte dei risparmi, così possiamo stare insieme. Ti prego, Ayden". Mi stringe i polsi.

Lo sa perché non posso. Qui non c'è nulla per me. Mio padre non mi permetterebbe mai di farmi un'altra vita, e sarei costretto a seguire in eterno le *sue regole*. È un famoso avvocato e pure il sindaco della città; quindi mi ha in pugno. Figlio unico, non sono mai stato all'altezza delle sue aspettative impossibili. Ogni volta che lo deludevo, sfogava tutta la sua rabbia sul mio corpo, mentre mia madre stringeva in mano una bottiglia di Chardonnay e fingeva di non vedere.

Proprio come ha fatto anche l'anno scorso, quando le ho detto cos'aveva fatto quel mostro a Gabby.

Un altro motivo per cui devo lasciare questo posto. Il rimorso mi sta consumando.

Vieni con me

"Ti amo più di ogni altra cosa, Lane. Ma lo sai anche tu cosa succederebbe, se restassi qui".

Diventerei come *lui:* un pezzo di merda violento e assetato di potere, un bastardo infedele e manipolatore. Se continuassi a non rispettare il suo canone di perfezione, finirei col rovinare me stesso e tutte le persone che amo, inclusa Laney. Quando non sono riuscito a ottenere una borsa di studio di cui potesse vantarsi con i suoi amiconi in politica, sono finito una settimana intera in ospedale.

Ma so che nessuno mi crederebbe mai.

Secondo la cartella clinica, sono stato aggredito e rapinato.

"No, non succederà, te lo giuro. Possiamo andare a vivere insieme e avere una famiglia. Non potrà più farti del male".

Vorrei poter credere alle sue parole. Vorrei poter credere che sia davvero così facile. Ma non sono tanto ingenuo. Mio padre potrebbe comunque come raggiungermi e, per vendicarsi, farebbe in modo che nessuno nel raggio di centinaia di chilometri mi assuma.

Mi chino sulla sua bocca e mi fermo a un soffio da lei per vedere la sua reazione. Non mi ferma, e quindi premo le mie labbra sulle sue. Nessuno dei due osa respirare o muoversi. Restiamo incollati l'uno all'altra, come se questo bacio potesse trasportarci in un altro tempo, in un altro luogo, in una realtà che non è la nostra.

"Ti amo e ti amerò per sempre", sospiro sulle sue labbra. "Ti chiamo quando sono più tranquillo e ho un telefono nuovo".

Mio padre mi taglierà fuori dalla sua vita non appena me ne sarò andato. Sono riuscito a mettere da parte qualche soldo dai compleanni e facendo qualche lavoretto, ma, se non trovo un lavoro a tempo pieno, resisterò soltanto un paio di mesi. Ovviamente, in un luogo abbastanza lontano dove quell'uomo non ha il minimo potere.

Laney si separa dal bacio, gli occhi rossi e il viso paonazzo. "Che senso ha? Se non tornerai più, non ha senso continuare a sentirci".

"Amore…" Faccio per toccarla, ma lei indietreggia.

"No. Non ti basta spezzarmi il cuore una volta sola? Non ho bisogno di continuare a soffrire anche quando troverai un posto da chiamare "casa" e ti innamorerai di un'altra".

"Lo sai che non accadrà mai. Ti aspetterò", le prometto, eliminando la distanza che ha creato per passarle un braccio attorno alla vita e impedirle di fuggire. "Quando ti sentirai pronta a seguirmi, mi troverai lì ad aspettarti".

"Ayden, ti prego". Il tono secco della sua voce mi fa capire che aspettarla sarebbe soltanto una perdita di tempo. "Lo sai che non posso lasciare mia madre e il negozio. Ha bisogno di me. La mia vita è questa. E doveva essere la *nostra*".

Non ho intenzione di ripetere ancora una volta le stesse cose. Sa benissimo perché non posso restare e che nulla mi farà cambiare idea; quindi siamo a un punto morto. Nessuno dei due è disposto a seguire l'altro, nonostante l'amore profondo che ci lega.

Faccio scivolare anche l'altro braccio attorno a lei e la stringo in un ultimo abbraccio. La premo contro di me e inspiro a pieni polmoni il profumo del suo shampoo, per imprimerlo nella memoria.

La sento irrigidirsi, ma mi concede comunque quest'ultimo addio.

"Qualunque cosa accada, ricorda sempre quello che ti ho detto: sei l'amore della mia vita e lo sarai per sempre. Sono disposto ad aspettarti anche per un decennio intero".

Continua a piangere e le sue lacrime mi inzuppano la maglietta, ma non mi importa. La avvolgo nel mio calore, mentre il sole si abbassa all'orizzonte.

Vieni con me

"Ora vai". Si scioglie dall'abbraccio e si asciuga gli occhi. "Devo tornare a casa e aiutare per la cena".

Siamo rimasti nel mio vialetto per quasi un'ora. Se non me ne vado subito, rischio di incrociare mio padre. Stamattina ho venduto il mio SUV di lusso e al suo posto ho preso un pick-up della Ford usato. Alla fine, ho sempre voluto una macchina del genere, non una vistosa e costosa come quella che mio padre mi ha comprato per salvare le apparenze. Conoscendolo, c'era il rischio che denunciasse un furto d'auto per trovarmi, o magari aveva perfino già installato un localizzatore GPS. Quindi, ho preferito liberarmene il prima possibile. Adesso non potrà rintracciarmi in alcun modo.

"Ti scrivo per farti sapere che va tutto bene", la rassicuro, dandole un ultimo bacio sopra la testa. "Stai attenta, per favore".

"Dovrei dirtelo io", mormora, strofinandosi gli occhi.

"Se mio padre prova a contattarti, tu digli che non sai niente e che deve lasciarti in pace", affermo; poi apro la portiera del conducente. Bryant Carson è un mostro travestito da santo. Ma, per quanto tenga molto alle apparenze, non dubito che si spingerebbe fino all'impensabile per strapparle informazioni su di me.

"Tanto non avrò *nulla* da dirgli".

È proprio per questo che sono rimasto sempre sul vago, così che non potesse minacciarla. Anche se ancora non ho scelto una destinazione, ho fatto delle ricerche e qualche idea generale ce l'ho.

Mi siedo dietro il volante.

"Ti amo", le dico un'ultima volta.

L'immagine di Laney con le guance rigate di lacrime e gli occhi colmi di tristezza rimarrà per sempre impressa nella mia mente. Non l'ho mai vista così disperata e sofferente.

È una scena che mi spezza il cuore.

Quasi senza fiato, la seguo con lo sguardo mentre torna alla sua macchina, sul lato opposto del vialetto curvo. Un nodo mi serra la gola e mi sudano le mani, mentre combatto contro l'impulso di correre da lei. Il vecchio catorcio di Laney fatica un po', ma dopo qualche secondo prende vita. Mi ero offerto di comprarle un'auto migliore, ma ha rifiutato perché non sarebbe riuscita a ripagarmi. Non che gliel'avrei mai chiesto, ma ha preso l'orgoglio di sua madre. La signora Bennett si è ritrovata a dover crescere Laney da sola quando sua figlia aveva soltanto due anni.

"Vai a far controllare la batteria", le urlo.

Abbassa il finestrino. "Cosa?"

"Vai da Adams e digli di controllare la batteria. Però potrebbe anche trattarsi di un problema al motorino di avviamento".

So già che le chiederà due spiccioli.

È quello che lui ama chiamare *sconto famiglia e amici*.

"Va bene". Si stringe nelle spalle, come se ormai non le importasse più niente.

Howie Adams è il mio migliore amico sin dall'asilo ed è l'unica persona oltre a Laney che sa che me ne sto andando. Ci siamo salutati questa mattina, quando ha organizzato un incontro con un acquirente per il SUV. Suo padre gestisce un'officina in città, e Howie ci lavora da quando aveva tredici anni.

Laney solleva il finestrino, ma, prima che possa andarsene, suono il clacson due volte.

Ti. Amo.

Lo facciamo da quando abbiamo la patente.

Aspetto che risponda, speranzoso.

Noto la sua espressione combattuta; quindi suono di nuovo due volte, premendo un po' più a lungo di prima.

Ti.

Amo.

Così, si gira a guardarmi e ricambia il gesto, suonando due volte.

Restiamo a fissarci in silenzio, persi nel momento, pregando che non sia un addio.

Poco dopo, Laney parte e se ne va.

Per non rischiare di beccare mio padre di ritorno da una lunga giornata passata a scoparsi le sue segretarie, anche io schizzo via dal vialetto.

Dallo specchietto retrovisore osservo e saluto la casa che per diciotto anni mi ha lasciato praticamente solo brutti ricordi.

Ho passato la metà di quegli anni ad amare *lei,* ma il nostro amore non è stato comunque abbastanza forte da tenerci uniti.

Capitolo Uno
Ayden

PRESENTE

"*Taylor Alison Swift*", canticchia Mallory, entrando a passo saltellante nella scuderia, con i suoi stivali da cowboy rosa. A soli undici anni, è la più piccola della famiglia Hollis e, *non* a caso, anche la più chiassosa. La sua ossessione per Taylor Swift non è affatto una sorpresa, visto che ha chiamato il suo cavallo quarter proprio come la cantante, cresciuta in Tennessee.

"È al pascolo", le dico quando guarda oltre il cancelletto. "Bisogna pulire il box".

"Puoi sellarla tu, per favore?" Congiunge le mani, in segno di preghiera.

"Sono occupato, Mal". Le mostro i due secchi di mangime che sto trasportando. "Chiedi a Noah".

"Dov'è?"

"Nell'area di addestramento". *Come al solito.* Se Mallory va pazza per Taylor Swift, la stessa cosa si può dire per Noah e l'addestramento.

Appena le parole lasciano le mie labbra, Mallory esce di corsa dalla scuderia. Con i capelli biondi che svolazzano al vento, canta a squarciagola il ritornello di "Love Story".

Scuoto la testa, con un sorriso. Mallory si è traferita al ranch un anno fa, dopo la morte dei suoi genitori in un incidente stradale, e gli Hollis sono diventati i suoi tutori. Io lavoravo qui ormai da nove anni, ma non avevo mai visto il signor Hollis piangere fino al giorno del funerale della sorella e del cognato di sua moglie. La tragedia ha devastato tutti quanti, ma soprattutto la loro unica figlia. Nella sua breve vita, Mallory ha già dovuto soffrire tantissimo, ma da quando ha imparato ad andare a cavallo è tornata la bimba allegra e spensierata di un tempo.

Inoltre, è anche vero che al Ranch Sugarland Creek non c'è mai un attimo di pausa; quindi trova sempre qualcosa per tenersi impegnata. Gli Hollis sono una grande famiglia e non fanno altro che ricoprirla di amore.

Quando ho finito di riempire le mangiatoie, Noah entra nella scuderia con Foster, il cavallo che sta addestrando, con Mallory al seguito. Noah mi fulmina con lo sguardo, e la sua espressione infastidita mi strappa una risata. Prende una briglia, la porge a Mallory e le dice di portare dentro il suo cavallo per sellarlo, così poi possono fare un giro nel paddock. Nel frattempo, lei accompagna Foster nel suo box.

Dato che Mallory non ha ancora imparato a montare una sella da sola, ogni volta è costretta a chiedere l'aiuto di un adulto. Di solito per noi non è un problema, ma questa settimana mancano già due garzoni ed è pure iniziata l'alta stagione. Sono i primi di giugno e siamo molto occupati con gli ospiti e i cavalli in pensione qui al maneggio.

"E gli altri?" mi chiede Noah, mentre recupera una sella dalla selleria.

"Trey è in Georgia per un matrimonio in famiglia, mentre Ruby è in viaggio col suo ragazzo per festeggiare il loro sesto mesiversario".

Si blocca di colpo e mi fissa.

"Parole sue, non mie", specifico.

"E chi le ha dato le ferie per una roba simile?"

"Prova a indovinare". Rido.

"Ma certo… Mio padre, vero?"

"Già".

Noah scuote la testa. Siamo molto simili: tutto dovere e poco piacere.

Una cosa che ho scoperto ben presto su Garrett Hollis è che quell'uomo è un inguaribile romantico. Durante la mia prima settimana di formazione, non fece altro che parlare di Dena e di come per lui fu amore a prima vista. Le chiese di sposarlo praticamente subito e dopo neanche tre mesi di frequentazione divennero già marito e moglie.

"Forse dovresti prenderti anche tu una settimana di ferie per andare a cercare quello giusto", la provoco, mentre prendo una pala e porto la carriola nel box di Miss Swift.

"Se dovessi mai chiedere una settimana di ferie, la passerei insieme al mio vibratore a forma di rosa in una vasca idromassaggio, con un bel calice di vino costoso in mano".

Vorrei cancellarmi l'immagine dalla mente. "Troppe informazioni".

"Ehi, quando trovi qualcosa che ti succhia l'anima, fidati che te ne innamori subito".

"Che cos'è un vibratore?" chiede Mallory. È arrivata col suo cavallo, ma Noah non l'ha sentita.

Noah impallidisce e si volta di scatto. "Ehm, nulla di che. È una specie di massaggiatore per la schiena".

"Wow! Posso averne uno anche io?"

"No!" risponde brusca Noah, in preda al panico; poi prende il sottosella e lo posa sulla schiena del cavallo. "Possono usarli solo gli adulti".

Mallory mette il broncio. "Ma non è giusto! Allora lo chiedo a zio Garrett. Me ne compra uno lui".

Noah mi lancia un'occhiata assassina perché non l'ho avvisata dell'arrivo di Mallory. Io intanto continuo a spalare, tenendo la bocca cucita.

"Se vuoi imparare a sellare il tuo cavallo, allora devi prestare attenzione", la rimprovera, quando Mallory continua a lamentarsi perché vuole un vibratore.

"Sì, signora".

Una volta spazzolato e sellato il cavallo, Mallory monta in sella e Noah la porta fuori nel paddock, mentre io finisco di pulire il box.

"Come va?" chiede Waylon, il viso ricoperto di fango e i vestiti lerci.

"Che diamine ti è successo?"

"Il quad è rimasto impantanato, quindi ho dovuto spingerlo da dietro mentre Wilder sterzava. Eh, beh... lo vedi com'è andata a finire".

Mi scappa da ridere. "Accidenti, avrei proprio voluto assistere alla scena!"

Un attimo dopo, Wilder entra nella scuderia con un sorrisetto del cazzo sul volto. Noto subito che lui è rimasto immacolato.

Sono gemelli identici, ma hanno due personalità completamente diverse. Sono i figli maggiori degli Hollis, ma non significa che siano anche i più maturi.

"Ho paura che quello non sia solo fango", dichiara Wilder.

"Invece lo spero proprio, altrimenti..." Waylon corre verso suo fratello e lo butta per terra.

"Ma che cazzo fai?" Wilder si ribella, ma finché non vedo sangue non ho alcuna intenzione di intervenire.

C'è un motivo se Wilder è conosciuto come il gemello più turbolento e, anche se magari non è lui il primo ad attaccar briga, non si fa mai trovare impreparato.

"Ehi!" urla Noah, tornando dentro di corsa. "Ma che cavolo vi rotolate nel fango come maiali? Abbiamo degli ospiti!"

Questo siparietto non è nulla di nuovo. I due gemelli si divertono spesso a fare casino, finché non arriva la loro sorellina a rimetterli in riga.

"Piantala di fare tante storie! Tutti gli ospiti se ne sono già andati e non sono ancora arrivati quelli nuovi", replica Wilder.

"Non mi importa", sbotta Noah. "Tappatevi la bocca e crescete un po'".

"Prima tu", ribatte lui.

Noah alza gli occhi al cielo e mi strappa la pala di mano, per poi minacciarli di farli secchi.

"Senti un po': stamattina te lo sei tolta il bastone dal culo?" le chiede, ironico, Wilder.

Waylon scoppia a ridere. Ma se continuano a provocarla così, lascerò che si vendichi come meglio crede.

"Vedete di rendervi utili. Siamo già a corto di personale; perciò date una mano ad Ayden qui dentro".

"No, no, non mollarmi con i gemelli. Ci penso io", le dico, riuscendo a riprendere la pala dalla sua stretta micidiale.

"Io devo tornare da Mallory; quindi pensaci tu a farli lavorare", mi dice, per poi andarsene infuriata.

Per chiarirci: i gemelli non sono mica due ragazzini, ma hanno soltanto un anno in meno di me. Noah è la più piccola dei fratelli Hollis, però li tratta tutti quanti come fosse la loro madre. A essere onesti, ha un non so che di comico. C'è voluto del tempo per abituarmi a questa loro dinamica, ma gli Hollis sono diventati la famiglia che ho sempre sognato.

"Bisogna spostare le capre nell'altro pascolo. Può pensarci uno di voi?" chiedo, diretto verso il prossimo box da pulire.

"Ci pensa Wilder", dice Waylon. "E intanto io vado a fare una doccia".

Mentre i gemelli si fissano in cagnesco, arriva un altro dei fratelli su una moto da cross.

"Cos'è, una riunione di famiglia?" chiede Landen. Non assomiglia neanche un po' ai due fratelli maggiori, però l'atteggiamento è simile a quello di Wilder. Sono entrambi due playboy scalmanati che non prendono mai sul serio la vita.

"Esci subito! Lo sai che la moto spaventa i cavalli". Gli faccio cenno di andarsene. Essendo il responsabile della gestione dell'accoppiamento, conosce bene le regole.

"Sono venuto a dare una mano. Me l'ha chiesto Noah".

Cristo santo! "*Non* ce n'è bisogno. Se mi lasciaste in pace e la smetteste di rallentarmi, finirei molto prima".

Wilder si stringe nelle spalle. "Ok, come vuoi tu. Allora levo le tende".

Così, lui va a occuparsi delle capre mentre Waylon va a darsi una ripulita; intanto Landen trasporta il rimorchio al fienile per svuotarlo. Ora che sono finalmente riuscito a togliermeli di torno, ricomincio a spalare merda per poter riportare i cavalli nei loro box.

Un'ora dopo, le pulizie sono terminate e mangiatoie e abbeveratoi sono di nuovo pieni. A un certo punto, squilla il telefono e vedo che mi sta chiamando Tripp.

"Pronto?"

"Mi serve qualcuno per coordinare le escursioni".

"Non è compito mio".

Torno sul retro del fienile, dove si trovano il mio ufficio e i bagni. Sono il responsabile della gestione della pensione e quindi mi occupo della scuderia, non delle escursioni a cavallo.

"Waylon non mi risponde e sei dei nuovi ospiti si sono registrati per la passeggiata delle quattro".

Sospiro. "E va bene".

Ogni persona che soggiorna da noi e che vuole uscire in escursione deve montare sempre lo stesso cavallo. Gli Hollis vogliono regalare a ciascun ospite un'esperienza unica, curata in ogni dettaglio; quindi scegliamo gli animali in base all'esperienza nell'equitazione e all'età di ognuno. Gestire i check-in è compito di Tripp, che poi dà a Waylon la lista dei cavalli da sellare e preparare per l'uscita pomeridiana…

"Dai, dimmi tutto", sbuffo, dopo aver preso carta e penna.

I gemelli si occupano delle due escursioni giornaliere, una la mattina e l'altra il pomeriggio. Di solito sono sempre in perfetto orario, ma con loro non si può mai sapere.

"D'accordo, a posto così". Sono pronto a chiudere la chiamata e dare la caccia a Waylon.

"Comunque, c'è qualcuno che vuole vederti". Fa una pausa ed esita prima di continuare. "Una donna".

"E chi sarebbe?"

"Non lo so. Mi ha chiesto se oggi lavoravi e se riuscivo a contattarti. È un vero schianto".

Confuso, rispondo: "D'accordo. Allora arrivo subito".

Chiudo la telefonata, infilo il foglietto in tasca ed esco dal fienile.

Noah è nel paddock insieme a uno dei cavalli in pensione, mentre Mallory non c'è più. Speravo che avesse visto i gemelli da qualche parte. Pur essendo ancora una bambina, è una piccola regina del gossip che tiene d'occhio tutti quanti.

Prendo il telefono e decido di chiamare Waylon.

Risponde subito. "Che c'è?"

"Ho preso la lista per l'escursione al posto tuo".

"Merda! Arrivo subito".

Ci salutiamo e mi rivolgo a Noah. "Come sta Brighton?"

"Oggi è scatenata". Fa schioccare la lingua, mentre cerca di far muovere il cavallo in un certo modo. Noah ha un talento naturale e l'ho notato appena l'ho conosciuta, quando aveva soltanto undici anni. Per il suo lavoro di addestratrice di cavalli viene pagata fior di quattrini. Negli ultimi cinque anni, non credo abbia mai chiesto un singolo giorno di ferie. E avrà un gran bel daffare anche per i prossimi due, con clienti che l'hanno già assunta perché prepari i loro cavalli per competizioni, rodei di *barrel racing* e salto a ostacoli.

"In teoria tornano a prenderla fra un paio di settimane. Secondo te, sarà pronta?" le chiedo.

"Oh, certo che sì. È normale che ogni tanto abbia qualche giornata no, ma se la caverà. Ah, e quando se ne va dovremo usare il suo box per il prossimo cavallo".

"Se stasera ti serve una mano, puoi chiedere a Tripp", le suggerisco, mentre aspetto che Waylon porti qui il culo.

Tripp ha giusto un paio di anni in più di lei e anche lui è un addestratore esperto. Le dà una mano quando la vede in difficoltà, ma so fin troppo bene quanto è orgogliosa Noah e quanto detesta dover ammettere di aver bisogno di aiuto.

"Sta già lavorando su Rosebud e Jewels. E poi, questo weekend gli tocca il servizio agli ospiti", replica lei, mentre continua a insegnare i passi a Brighton.

Il venerdì e il sabato sera ci sono le serate di karaoke e *square dance* per gli ospiti. Le dirigiamo a turno, perché è un lavoro che non piace praticamente a nessuno. Beh, fatta eccezione di Wilder, che ama stare al centro dell'attenzione. L'anno scorso è andato virale un video in cui appariva in una di queste occasioni, e da allora è richiesto quasi tutti i weekend.

Un gruppetto di casalinghe insaziabili ha apprezzato tantissimo il suo atteggiamento da dongiovanni e non ne ha mai abbastanza di vederlo agitare il culo. E intanto lui gode di questa sua fama; infatti è quello che guadagna più mance di tutti.

"Certo, ma se…"

"Non ti fidi più di me, Ayden?" mi chiede, ironica.

"Certo che mi fido di te. Sei incredibile, e lo sai. Però mi preoccupo, ecco. Come se fossi la mia sorellina che non si prende mai un attimo per respirare".

"Così mi offendi".

"Lo sai che scherzo". Ridacchio. "Come farei senza la tua spassosissima mania di fare tutto di corsa all'ultimo minuto?"

Trattiene una risata. "Potresti farti una vita, che dici?"

Questo stile di vita sarà anche caotico, ma è proprio quello di cui ho bisogno. Riesco a tenere la mente costantemente impegnata, e l'incertezza del domani non fa che rendere tutto più interessante.

Finalmente, Waylon arriva col suo pick-up. "Scusami, ho lasciato il telefono in auto mentre facevo la doccia e poi mamma mi ha distratto con il cibo".

Gli lascio la lista. "Datti una mossa. Si sono registrati tutti per l'escursione pomeridiana".

Sbuffa. "Va bene, va bene".

"Io devo scappare. Divertiti". Gli do una pacca sulla spalla e gli passo accanto, per poi salire in macchina.

Mentre supero la scuderia e i pascoli, ripenso al giorno in cui sono arrivato qui. Speravo di far pena a Garrett e di convincerlo a darmi un lavoro. Ero pronto a tutto. A fare i turni più folli con gli orari più disumani. La sua risposta? Dato che avevo soltanto diciotto anni e mi ero presentato lì senza la minima esperienza nel settore, mi avrebbe dato *una* possibilità per dimostrargli che meritavo un posto al ranch. Non potevo permettermi di fare stronzate, di arrivare tardi o di commettere errori costosi.

Alla fine del turno, mi faceva male qualunque cosa. Il giorno seguente faticavo pure a camminare, ma volevo assolutamente guadagnarmi un posto.

Il lavoro più faticoso che avevo fatto fino a quel momento era stato le piscine delle mogli dei membri del country club. Neanche i quattro anni di football alle superiori mi avevano preparato a sufficienza. Non avevo mai giocato per più di qualche ora di fila. Il primo turno al ranch, invece, era durato ben dodici ore.

Ma non mi arresi perché avevo qualcosa da dimostrare – a me stesso – e non potevo permettermi di mollare. Soprattutto non dopo aver abbandonato le persone che più avevo care al mondo.

Arrivo al parcheggio e trovo subito un buco. Che colpo di fortuna, dato che di solito è sempre pieno perché abbiamo ospiti tutto l'anno. Gli Hollis hanno un mini-esercito di dipendenti per gestire al meglio l'agriturismo, insieme a una decina di garzoni che si occupano dei cavalli e della manutenzione.

La zona del ranch dedicata alla pensione e all'addestramento è molto più tranquilla, ma tra le pulizie e le sessioni di allenamento c'è sempre qualcosa da fare.

Varco la soglia e trovo Tripp dietro al bancone, come se mi stesse aspettando. La sala d'attesa è vuota, dunque immagino che tutti gli ospiti abbiano già fatto il check-in, mentre la receptionist è al telefono.

"Ehi, bello". Lo raggiungo.

"Laggiù". Fa un cenno alle mie spalle, con un sorrisetto storto sul viso come se mi stesse nascondendo qualcosa.

Quando mi giro, la vedo alzarsi dalla sedia.

Rimango senz'aria nei polmoni.

Non può essere. È impossibile che sia qui di fronte a me, eppure c'è davvero.

Lunghi capelli biondi le ricadono in onde sulle spalle, mentre due gemme verdi trovano i miei occhi.

Mi viene incontro, ma lo shock mi ha paralizzato.

Laney Bennett.

"Ciao, Ayden", mi dice, la voce un sussurro delicato mentre si tormenta le mani.

"Cosa ci fai qui, Laney?" La domanda suona più aspra di quanto intendessi, ma non posso fare a meno di provare paura al pensiero che mio padre potrebbe spuntare fuori da un momento all'altro. È patetico che abbia ancora così tanto timore, dopo tutto questo tempo, ma è anche inevitabile, visto quello che ho dovuto sopportare per ben diciotto anni. Non sono cose che si dimenticano facilmente. Scommetto che, se mi vedesse così terrorizzato, mi riderebbe in faccia. Non sono più un bambino e non posso restare ancorato al passato.

Una smorfia di dolore le passa sul bellissimo viso e sento una fitta al cuore.

"Scusami, non avrei dovuto dirlo in quel modo". Sollevo il berretto da baseball e mi passo una mano tra i capelli, per poi fare un passo verso di lei. "È un vero shock, tutto qui. Come stai? Come mi hai trovato?"

Laney lancia un'occhiata alle mie spalle. "Possiamo parlare in privato?"

Mi giro e vedo che Tripp ci sta osservando. *Maledetto ficcanaso!*

"Sì, certamente. Ho parcheggiato qui davanti. Vieni con me". Per abitudine, la prendo per mano e lei non la ritrae; al che intreccio le mie dita alle sue. Sono tanto calde e accoglienti come ricordavo.

"Hai ancora quel vecchio catorcio?" mi chiede, quando siamo fuori.

Ridacchio e le lancio un'occhiata. "Ma certo. La cara vecchia Betty Lou non mi ha ancora deluso".

Laney si fa una risata e il suono melodioso mi fa sentire a casa.

Apro la portiera del passeggero, la aiuto a salire e poi faccio il giro per mettermi al volante. "Vivo nei bungalow del personale. Ti dispiace se andiamo lì? Così avremo un po' di privacy".

"Nessun problema".

Come esco dal parcheggio, mi giro e mi fermo un attimo ad ammirarla. Laney è sempre stata un vero schianto, ma gli anni hanno reso la sua bellezza più matura. Labbra più carnose, capelli più folti, fianchi più pronunciati. *Uno spettacolo.*

"Ti ho visto in un video", comincia, e ho già la tachicardia.

"Com'è possibile? Cosa stavo facendo?"

Deve aver percepito subito il panico nella mia voce, perché allunga la mano e mi stringe la coscia. "Lui non lo sa che sei qui, Ayden. Stai tranquillo".

Annuisco, grato che abbia capito subito.

"Una tipa ha pubblicato un video del suo addio al nubilato. Era un insieme di clip, ma in una ci sei tu vicino a un cavallo, con un ghigno malizioso sul viso. Una delle ragazze ti ha chiesto se poteva cavalcare il cowboy invece del cavallo".

Al ricordo, mi scappa da ridere. "Ah, sì. Ora ricordo. Stavo sostituendo Wilder perché stava male. Un attimo… Ma parliamo di tre mesi fa, allora".

"Già".

"E ci hai messo così tanto a trovare il ranch?"

"Oh". Ritrae la mano e abbassa lo sguardo. "No, la tipa l'aveva taggato, quindi non è stato difficile. Però non sapevo se presentarmi qui fosse la scelta giusta. Poi non potevo mollare il lavoro da un momento all'altro; mi sono dovuta organizzare. Ed è stata dura trovare il coraggio, sai".

Parcheggio davanti a casa e poi mi giro verso di lei. "Quindi perché sei venuta proprio adesso?"

Deglutisce con forza ed evita il mio sguardo; quindi capisco subito che è successo qualcosa.

"Laney, di che si tratta?"

Alla fine, solleva la testa e aggrotta la fronte. "Howie è morto".

Capitolo Due
Laney

Alle mie parole, Ayden smette del tutto di respirare.

Howie è morto.

Meritava di saperlo. Non volevo mandargli la notizia in una lettera. Dovevo vederlo di persona, perché ho davvero tanto da dirgli.

Volevo assicurarmi che stesse bene, dopo così tanti anni di lontananza.

L'avevo cercato per tanto, tantissimo tempo. Mi inviò una lettera sei settimane dopo la sua partenza, per informarmi che stava bene e aveva trovato lavoro, ma non scrisse né l'indirizzo del mittente né un numero di telefono. Quel messaggio non fu altro che un doloroso promemoria che tra di noi era finita davvero. Sapevo che non sarei mai riuscita a trovarlo, a meno che lui non lo volesse. Non sono ancora riuscita a perdonarmi di avergli detto che non avrebbe avuto senso continuare a sentirci. Se gli avessi chiesto di scrivermi o di chiamarmi, l'avrebbe senz'altro fatto. Però, dentro di me, sapevo che per soffrire il meno possibile c'era bisogno di tagliare subito i ponti.

"Come?" mi chiede, la voce strozzata.

"Un incidente. Stava superando un trattore, ma nell'altra corsia stava arrivando un TIR. Dicono che probabilmente l'ha visto soltanto all'ultimo secondo e nessuno dei due autisti ha potuto evitare lo scontro".

"Cristo!" Scuote la testa, l'espressione assolutamente incredula. "E quando è successo?"

"Mercoledì scorso. Il funerale è tra tre giorni".

"Cazzo!" Sbatte il pugno sul volante, facendo suonare il clacson, e per poco non mi viene un colpo. "Scusami. È solo che…"

"Non preoccuparti. Tutti quanti hanno avuto la stessa reazione". *Soprattutto io.*

Aggrotta la fronte, e vederlo così distrutto e triste mi spezza il cuore. "Speravo che saremmo riusciti a rivederci, *prima o poi*".

"Ci sperava tanto anche lui", ammetto.

"Andiamo dentro. Ti offro qualcosa da bere".

Non sono venuta qui soltanto ad annunciargli la morte di Howie, ma il resto può aspettare, perché vedo quanto la notizia l'ha turbato nel profondo.

Ayden scende dall'auto senza aspettare una risposta; quindi lo seguo sul marciapiede.

"Wow, che bei bungalow!" Mi guardo intorno e noto che ce ne sono quattro identici. "Quanta gente ci vive?"

"Ogni piano ha due camere da letto. In quella accanto alla mia vivono i due gemelli Hollis, i figli maggiori della famiglia per cui lavoro. Sopra di me abitano due tipi, mentre io non ho un compagno di stanza. Negli altri ci sono due dipendenti per appartamento".

"Caspita, tu ne hai uno tutto per te. Scommetto che è proprio una goduria", commento, mentre apre il portone.

"In effetti sì, ma tanto non ci siamo praticamente mai. I turni di lavoro durano minimo dodici ore e di solito terminiamo la giornata con un paio di birre prima di buttarci a letto e ripetere tutto quanto il giorno dopo".

Una volta dentro l'appartamento, accende qualche luce e noto subito quanto è spoglio. Arredamento minimal e neanche una fotografia in vista. Sembra vuota.

"Ti va del tè freddo?" mi chiede, dirigendosi in cucina.

"Volentieri, grazie". Continuo a guardarmi intorno.

Appena torna col bicchiere, bevo un sorso. "Mi piace come hai arredato la casa".

La battutina sarcastica gli strappa una risata. "Sì, beh, te l'ho detto che non passo molto tempo qui dentro. E, quando ci sono, mi serve giusto per lavarmi, mangiare e dormire".

Ayden rimane in piedi di fronte a me, mentre mi siedo su uno degli sgabelli del tavolo a penisola. Rivederlo dopo tutto questo tempo è surreale. È diventato più grosso, ma il viso da ragazzino è rimasto lo stesso.

"Qui sei felice?" gli chiedo con una certa esitazione. In realtà avrei un milione di domande da fargli, ma non voglio soffocarlo o creare un'atmosfera di imbarazzo.

"Non sono *infelice*. Amo il mio lavoro e sento di avere uno scopo nella vita. Vitto e alloggio sono decisamente economici. La signora Hollis mi invita tutte le domeniche alla cena di famiglia. Puoi immaginare quanto le apprezzi, dato che quelle con i miei erano all'insegna del puro disagio".

Già, ricordo.

I suoi genitori avevano un talento per farlo sentire indesiderato, cosa che mi dispiaceva da morire. Poi suo padre se l'è presa con me.

"Prima di decidermi a venire, ho fatto un milione di ricerche sul ranch. Le fotografie sono bellissime".

Se proprio devo essere onesta, in questi ultimi tre mesi è diventata una vera e propria ossessione. Continuavo a controllare tutti i tag del ranch per cercarlo in qualche video o fotografia.

"Per quanto resti? Posso portarti a fare un giro, se ti va". Si appoggia al bancone, a qualche centimetro da me.

"Una notte sola. Ho preso una stanza in paese. Non sapendo come avresti reagito, non volevo rischiare di fare l'ospite indesiderata. E poi devo tornare a casa per il funerale di Howie", ammetto, e mi si stringe il cuore al pensiero di quei segreti che dovrò rivelargli.

"Vorrei poterci essere anche io, Laney, ma siamo già a corto di personale. E poi preferirei che non mi vedesse nessuno", dichiara, gli occhi marroni che penetrano i miei. Ovviamente, si riferisce a suo padre. L'uomo che gli ha rovinato la vita e che ha provato a rovinare anche la mia.

"Lo so", annuisco. "Magari, se mi fossi decisa a venire prima, mi avrebbe seguita anche lui. Ma, quando è morto, sapevo di dovertelo dire di persona. Diciamo che è stata proprio la spinta che mi serviva per rivederti".

"Sono contento tu l'abbia fatto".

"Davvero?"

"Ovviamente le circostanze non potrebbero essere peggiori, ma sono contento di rivederti". Fa un largo sorriso. "E voi due, invece? Siete rimasti amici?"

Annuisco e bevo un sorso, per mascherare l'ansia. "Sì".

"Suo padre come l'ha presa?"

"Molto male, è a pezzi. Ho cercato di aiutare il più possibile lui e sua nonna con i preparativi del funerale, ma sono ancora entrambi sotto shock".

"*Merda!* Non oso immaginare. E l'altro autista è sopravvissuto?"

"È in condizioni critiche e ha subito una grave lesione celebrale. Ci hanno detto che Howie è morto sul colpo; quindi non dovrebbe aver sofferto. È la nostra unica, magra consolazione".

Annuisce ancora e finiamo il tè in silenzio.

"Dai, ti porto a fare un giro, così ti presento Noah. Sarà alla scuderia o al centro di addestramento, ci scommetto. E anche i suoi fratelli dovrebbero essere in giro", mi dice, lasciando i bicchieri vuoti nel lavello.

"È l'addestratrice di cavalli, vero? Ho letto qualcosa sul sito".

E ho pure visto le fotografie in cui pare una modella.

Ayden si passa una mano tra i capelli e poi ci posa sopra il cappello. Un tempo non indossava berretti da baseball, ma gli stanno molto bene.

"Esatto, proprio lei. È davvero tosta quando si tratta di lavoro, ma, quando non è stressata, è molto carina ed esuberante. Lavoriamo entrambi alla scuderia".

"Dalla foto mi è sembrata molto giovane".

"E lo è. Ha ventun anni. Li ha compiuti giusto qualche mese fa e i suoi fratelli l'hanno fatta ubriacare. Da quel giorno, non l'ho più vista bere neanche un goccio. È stata davvero malissimo". Ridacchia al ricordo.

Sorrido, mentre ripenso a come ho passato io il mio ventunesimo compleanno.

A casa, a cullare mia figlia per farla addormentare, e a piegare il bucato.

Noah sarà anche molto giovane, ma, a quanto pare, passano moltissimo tempo insieme. Non voglio pensare a tutte le donne che avrà avuto in questi lunghi dieci anni, ma è difficile non essere gelosa. Ha abbandonato sia me che quel futuro che avevamo pianificato insieme. Col tempo l'ho accettato, per quanto non sia stato affatto semplice.

Ayden si allontana dal lavello. "Vado a mettere dei jeans decenti e un'altra maglietta. Arrivo subito".

Ritorna cinque minuti dopo e per poco non mi tocca asciugarmi la bava sul mento. Non è giusto che sia così maledettamente bello. Il lavoro al ranch ha *trasformato* il suo fisico. La semplice combinazione di jeans scuri e maglietta bianca non ha nulla di speciale; eppure, abbinata a un berretto di lana, lo fa apparire maledettamente sexy. Non riesco a smettere di fissarlo, imbambolata. Alle superiori si vestiva spesso così, e non c'è da meravigliarsi che fossi tanto attratta da lui. Adesso le magliette gli vanno un po' più strette sui muscoli, ma il resto è tutto uguale: capelli castani, occhi marroni e fossette irresistibili.

"Sei pronta? Cominciamo dalla scuderia".

Mi schiarisco la gola, che si è seccata appena è entrato nella stanza, e annuisco. "Sì, pronta".

Il panorama è un vero spettacolo: chilometri di campi, con i monti sullo sfondo.

"Questa parte del ranch si trova sul lato sudoccidentale. Qui ci occupiamo dei cavalli in pensione e dell'addestramento. Io gestisco la pensione e faccio il garzone".

"Ovvero?"

"Beh, diciamo che faccio il lavoro sporco. Pulisco i box, carico e scarico fieno, chiamo i clienti e soddisfo i bisogni di tutti i cavalli. In parole povere, faccio tutto quello che c'è da fare: riempio le mangiatoie e gli abbeveratoi e li spazzolo. Noah è sempre molto impegnata con gli addestramenti; quindi faccio sempre tutto il possibile perché non debba preoccuparsi di altro".

"Quindi li addestra tutti quanti?"

"Solo i cavalli da competizione. Gli altri sono semplicemente in pensione qui da noi, ma non gareggiano. Li porta fuori per farli muovere un po', ma niente più. Anche suo fratello Tripp fa l'addestratore, ma lei si carica di lavoro perché è una matta. I cavalli da preparare per le gare restano qui soltanto per un determinato periodo di tempo. Gli altri rimangono tutto l'anno, perché i proprietari vivono in paese e hanno bisogno di un posto dove tenerli. La maggior parte sono qui ormai da anni; quindi, quando passano il veterinario e il maniscalco, devo assicurarmi che tutti i cavalli siano vaccinati e che non abbiano problemi con gli zoccoli e i ferri. Gli Hollis hanno anche i loro cavalli personali, ma quelli vivono in una scuderia vicino alla casa padronale. Se ne occupano a turno i genitori e i figli".

"Caspita, siete proprio bene organizzati!"

Gli scappa da ridere. "Sì, dai, di solito sì".

Parcheggiamo e scendiamo dall'auto, quindi lo seguo nella scuderia. È molto più grande di quanto mi aspettassi, con almeno una ventina di box.

"Wow, ma sono tantissimi! E ti ricordi tutti i nomi?"

"Certo. È un po' come avere una classe di bambini… Alla fine memorizzi anche i loro gusti".

Alla similitudine, un nodo mi serra la gola.

"Noah?" urla Ayden. "Ci sei?"

Quando vedo una testa che spunta da un box, mi viene la tachicardia. "Sono qui".

Di persona è persino più bella.

La raggiungiamo e vedo che sta spazzolando un cavallo, mentre lo carezza sulla fronte con cerchi delicati.

"Voglio presentarti una persona. Lei è Laney".

Noah sbarra gli occhi, con un sorrisetto. "*Quella* Laney?"

"Zitta. Solo Laney".

Lancio un urletto interiore, perché significa che Ayden le ha parlato di me.

"Piacere di conoscerti", le dico, porgendole la mano, ma

sentendomi subito una stupida, dato che le sue sono entrambe occupate.

"Piacere mio!" Si avvicina comunque e me la stringe. "Scusami, sto sudando come un peccatore in chiesa. Non sapevo che Ayden avrebbe portato qualcuno".

"È stata una sorpresa; non ne sapeva niente", le spiego.

"Oh, ma che cosa dolce!"

"Voglio farle fare un bel giro del ranch *senza filtri*. Ti dispiace sostituirmi per un po'?" le chiede Ayden.

"No, nessun problema. Però poi mi devi un favore!"

"Aggiungilo alla lista", scherza lui.

Da questo scambio capisco che il loro non è un rapporto romantico ma fraterno. Mi sento incredibilmente sollevata, nonostante sia inutile aggrapparmi a false speranze. È più che ovvio che non tornerà mai in Texas. Finalmente ha trovato una famiglia.

Ayden mi prende per mano e mi conduce lungo il sentiero; quindi mi parla dei suoi cavalli preferiti e di ciò che si trova nella selleria. Poi entriamo in un piccolo ufficio improvvisato, ma faccio troppa fatica a concentrarmi con la sua mano forte avvolta attorno alla mia.

"Non è chissà cosa, ma qui dentro organizzo la pensione e parlo con i clienti. Tengo anche traccia di spese e pagamenti".

"Ha più personalità di casa tua", ironizzo. "Perlomeno ci sono delle foto appese alle pareti".

Anche se sono fotografie di cavalli, mescolate a qualche ritaglio di giornale.

"Beh, in fondo passo più tempo qui dentro che a casa", ribatte, con un'alzata di spalle.

Dopodiché, mi porta a vedere il pascolo. "Quella lì è una capra?"

"Lei è Shelly Belly. Stai attenta, è una vecchia peperina!"

Faccio un passo indietro. "E possono andarsene in giro così?"

"Diciamo di sì, ma lei è un'artista della fuga. Per lei le regole non valgono", risponde, scrollando le spalle.

"E cosa fanno?"

"Bah, passano quasi tutto il tempo a brucare. Mangiano i cespugli e le piante selvatiche. Così è più facile tenere sotto controllo la vegetazione. Le spostiamo da pascolo a pascolo".

Appena ci avviciniamo alla staccionata, uno dei cavalli ci viene incontro. "Lei è Mayberry. Essendo un cavallo da competizione, deve seguire un programma rigoroso di nutrizione, esercizio e salto a ostacoli. Noah la addestra tutti i giorni".

Mayberry strofina il muso contro la sua mano.

"Allora non è strano che sia qui fuori?" gli chiedo, basandomi su quel poco che so al riguardo. Quando sono liberi di scorrazzare in un campo, i rischi di infortunio aumentano.

"Sì, infatti è qui da sola e può restarci per poco, giusto dopo l'addestramento".

"Scommetto che lavorando qui hai imparato una marea di cose", commento, mentre torniamo verso il fienile.

Gli scappa una risata. "Oh, fidati, più di quanto avrei mai voluto sapere. Ma col tempo diventa tutto istintivo".

"Ayden". Mi fermo e anche lui fa lo stesso. Quando mi guarda, inspiro profondamente. "Sono davvero orgogliosa di te. Lo so che quando te ne sei andato ero furiosa e distrutta, ma vedo che sei riuscito a costruirti una bella vita. Sono contenta che tu sia riuscito a ricominciare da zero, proprio come sognavi".

Elimina la distanza che ci separa. "Non sai quanto mi dispiace aver ricominciato senza averti al mio fianco. Non passa giorno che non pensi a te. Mi chiedo di continuo come stai, se sei felice, se sei serena. Se hai trovato un uomo che ti tratta come meriti. Il mio più grande rimpianto nella vita è averti abbandonata".

Mi si riempiono gli occhi di lacrime. Odio essere così vulnerabile e non riuscire a tenere a bada le emozioni. Ma le parole di Ayden, il ragazzo che non ho mai smesso di amare, non possono che colpirmi dritte al cuore.

"Dispiace tanto anche a me. Non sai quanto avrei voluto venire con te. Sembra il posto perfetto per metter su famiglia".

Solleva le sopracciglia, come se soltanto adesso si fosse reso conto che non mi ha ancora chiesto nulla sulla mia vita.

"Sei sposata?"

Scuoto la testa.

"Hai figli?"

"Una figlia".

"Sul serio?" Sfodera un sorriso genuino. "Età?"

Faccio un bel respiro profondo, perché so che questa conversazione è inevitabile. In fondo, se sono venuta qui è in parte anche per questo.

"Ha nove anni".

I suoi occhi marroni restano incollati ai miei e nessuno dei due osa muoversi, mentre sento che le rotelle del suo cervello fanno rapidamente i conti.

"Chi è il padre?" mi chiede dopo una breve pausa, il tono duro e irato mentre incrocia le braccia sul petto.

"Ayden", pronuncio con molta calma. "Possiamo parlane dopo, per favore?" Mi guardo intorno, preoccupata che qualcuno possa sentirci.

"Non ci muoviamo finché non mi rispondi. Chi. È. Il. Padre?"

"Secondo te?" Mi stringo nelle spalle e poi asciugo le mani

sudate sui jeans. "L'ho scoperto quando ormai te n'eri già andato".

"Cristo santo, Laney!" Comincia a camminare nervosamente di fronte a me. "Perché non me l'hai detto subito?"

"Avevo paura fosse troppo, dopo averti dato la notizia della morte di Howie".

"Ho una figlia?" Gli si spezza la voce mentre si ferma di fronte a me.

"Sì, *abbiamo* una figlia".

"Ed è qui?"

"No, l'ho lasciata in Texas con mia madre".

"E sa di me?"

"Sì, io e Howie le abbiamo parlato tanto di te. Non sa perché sei dovuto andare via, ma sa che esisti… da qualche parte".

"Non ci posso credere, *cazzo*!" Scuote la testa, incredulo, e poi mi prende per mano. "Se l'avessi saputo, non me ne sarei mai andato, Laney. Ti giuro che sarei rimasto lì con te e avremmo cresciuto insieme nostra figlia. Ti avrei sposata. Avrei…"

"Lo so, Ayden. Ho sempre saputo che saresti stato un padre meraviglioso. Ho provato a rintracciarti per anni. Però non hai mai usato i social e il tuo numero di telefono non esisteva più. A un certo punto, ho perfino messo da parte qualche soldo per ingaggiare un investigatore privato. Gli ho chiesto di cercare carte di credito o conti in banca a tuo nome, ma è tornato a mani vuote".

"E l'hai cresciuta da sola?"

"No, c'è stato qualcuno ad aiutarmi".

Aggrotta la fronte e mi lascia andare. "Ma non io".

"Non ne sapevi niente", gli ricordo, dolcemente.

"Come si chiama?"

"Serena Mae".

Inclina la testa di lato e i suoi occhi pieni di affetto mi risvegliano tutte le terminazioni nervose. "L'hai chiamata come *mia* nonna!"

Mi sfugge un sorriso. "Sapevo quanto la amavi e a me piaceva tantissimo il nome. Volevo trovare un modo per coinvolgerti".

"Wow. Non so proprio cosa dire. Non merito neanche di farmi chiamare suo padre, dopo averla abbandonata per nove anni".

"*Ayden Carson*, non è affatto vero", ribatto, avvicinandomi finché non arrivo di fronte al suo petto. È più alto di me di una ventina di centimetri. "Non ne sapevi niente. Figurati che pure io l'ho scoperto soltanto dopo un mese, perché pensavo che le nausee fossero dovute al dolore di averti perso. Ma poi mi è saltato il ciclo; quindi ho fatto un test di gravidanza e… *sorpresa*".

Mi posa una mano sulla guancia e io mi lascio andare sul suo palmo caldo. "Cristo, mi dispiace tantissimo! Avrei dovuto lasciarti il mio numero nella lettera, così perlomeno avresti avuto un modo per contattarmi. Sarei tornato da te in un lampo".

"In fondo è anche colpa mia, sai. Sono stata io a dirti di non farlo".

"Posso conoscerla?"

"Sì, certamente".

"Quando?"

"Questo non lo so. Diciamo che è complicato. Devo prendere le ferie e…"

"E se venissi io?"

La proposta mi lascia di stucco. *"Davvero?* Verresti seriamente a Beaumont?"

"Per vedere mia figlia, certo. Non posso esserci per il funerale, ma mi piacerebbe visitare la tomba di Howie e salutarlo in privato".

"Sarebbe fantastico, Ayden. Dico sul serio".

Di punto in bianco, mi avvolge in un abbraccio inaspettato; però non oppongo resistenza. Sognavo da anni di sentire di nuovo il suo tocco, che come sempre riesce a darmi conforto e speranza. Inspiro a pieni polmoni il suo profumo; al che un mare di ricordi mi inonda la mente.

"Hai qualche foto?" mi chiede, quando ci separiamo.

"Certo, una marea". Rido pensando a tutte quelle che le ho fatto negli ultimi nove anni.

"Allora stasera andiamo a mangiare all'agriturismo, così me le fai vedere. Comincia da quando eri incinta. Scommetto che eri deliziosa".

Scoppio a ridere. "Oddio, così ci mettiamo un anno intero a vederle tutte!"

Fa un sorrisetto. "Ho tutto il tempo del mondo".

Capitolo Tre

Ayden

Sono ancora sotto shock per questa storia di Serena.

Sono un padre.

Non me lo sarei mai aspettato.

Anche se a un certo punto avevo cominciato a sognare una famiglia con Laney, non ero sicuro di voler diventare padre. Considerando il pessimo rapporto con i miei, avevo paura che l'essere un buon genitore non fosse nel mio DNA.

Ma, nonostante tutto, non vedo l'ora di vederla e conoscerla meglio.

Voglio sapere se le piacciono le cose che piacevano a me alla sua età.

Se assomiglia alla sua mamma. O a mia nonna.

Un senso di panico mi serra lo stomaco e il terrore che possa non piacerle mi assale.

A me i miei genitori non sono mai piaciuti.

Ovviamente non le riserverei mai lo stesso trattamento che ho ricevuto io, ma resta il fatto che mi sono già perso nove anni della sua vita.

Appena io e Laney ci sediamo a un tavolo per mangiare, mi

lascia libero accesso agli album di fotografie sul suo telefono. Ce ne sono *un sacco*.

"Quand'era piccola ti assomigliava moltissimo", commenta Laney, mentre sfoglio le immagini. "Non sai che rabbia".

Con una risata, non riesco a fare a meno di sorridere allo schermo. Anche Howie appare in numerose fotografie.

"Ha preso molto anche da te", la rassicuro.

Sono come incantato. Serena Mae ha i miei stessi capelli castani, ma gli occhi verde smeraldo della sua mamma.

Comincio a mangiare mentre Laney mi racconta tutti i momenti più speciali della vita di Serena, fino ai primi giorni di scuola. Nel sentire tutto quello che mi sono perso, un profondo senso di colpa mi attanaglia.

Il mio cervello non smette di vorticare.

"Secondo te, le piacerò?" le chiedo, quando arriviamo al dolce.

Laney annuisce. "Era molto legata ad Howie, e lui le ha mostrato tutti i vostri annuari. Non sai quanto si è divertita".

"Oddio!" Scuoto la testa, con una risata. "Spero non le abbia fatto leggere i messaggi che mi hanno lasciato i nostri amici".

"Tipo quello che dice che non ti piacciono solo le palle da football?" Ridacchia quando strabuzzo gli occhi. "Glieli ha lasciati tutti e adesso li tiene nella sua cameretta. La nostra foto al ballo scolastico è la sua preferita, ma le piacciono anche quelle dei carri allegorici".

Il re e la reginetta del ballo.

La star del football e il capitano delle cheerleader.

Amici d'infanzia che hanno finito con l'innamorarsi.

Sembravamo usciti da una classica canzone country texana.

"Assurdo pensare che sono passati solo dieci anni", commento, sporgendomi verso di lei. I capelli le coprono il viso, e l'impulso di spostarli per poter ammirare le guance rosee è quasi irresistibile.

Laney sospira e solleva leggermente la testa, mostrando di nuovo i suoi occhi. "Sembra allo stesso tempo ieri e una vita fa".

Prima che abbia il tempo di avvisarla, Wilder e Waylon si fermano al nostro tavolo. Indossano ancora gli abiti lerci da lavoro e sono ricoperti di terra.

"Ma buonasera!" Wilder sfodera un sorrisetto presuntuoso, girando dall'altra parte il berretto da baseball.

"Cosa volete?" chiedo seccamente, nella speranza che colgano il sottinteso e ci lascino in pace.

"Non ci presenti la tua *amica*?"

"Lasciali stare", lo rimprovera Waylon, tirandolo per la spalla.

"Ehi, non sto facendo nulla. È lui quello maleducato. Ma, dato che io sono un bravo ragazzo, mi presento da solo…"

Alzo gli occhi al cielo e aspetto che tiri fuori *Wilder il playboy*.

"Wilder Hollis. Lieto di fare la tua conoscenza, signorina…" Le porge la mano, con un sorrisino.

"Laney Bennett", risponde lei, stringendogli la mano.

"Wow, che nome *meraviglioso*!". Le fa l'occhiolino.

"Grazie".

"Io sono Waylon, il gemello meno sgradevole". Le fa un cenno col capo, le braccia conserte, e lei sorride.

"Molto piacere", risponde Laney, guardando prima i gemelli e poi me.

"Scusami", mimo con la bocca, e un rossore le colora il viso.

"Come vi conoscete?" le chiede Wilder.

"Non sono affari tuoi", sbotto; poi mi alzo dalla sedia. "Ce ne stavamo giusto andando".

Laney mi imita e prende i piatti vuoti.

"Che peccato!" Wilder la ammira dalla testa ai piedi e sono

tentato di strappargli gli occhi dalle orbite, così la smette di mangiarsela con lo sguardo. "Allora magari ci becchiamo un'altra volta".

Dopo che Laney ha lasciato i piatti nel lavello, le indico l'uscita. Appena mi supera, do una spallata a Wilder.

"Volevo solo essere educato", si giustifica.

"Beh, non farlo", replico a denti stretti, parlando a voce bassa perché Laney non mi senta.

"Wilder proprio non sopporta che una bella donna sia off limits per lui". Waylon se la ride di gusto. Conosce fin troppo bene suo fratello.

Tutti noi lo conosciamo.

"Beh, gli conviene farsene una ragione. Laney se ne va domani e, comunque, non è disponibile".

"Per tutti o solo per me?" Wilder agita le sopracciglia, con la solita faccia di cazzo.

"*Soprattutto* per te".

Gli do un'altra spinta e poi raggiungo Laney alla porta.

"Non ti stanno molto simpatici, eh?" sussurra.

Apro lo sportello del pick-up e la invito a salire. Poi faccio il giro e mi siedo anche io.

"Ma no, sono tipi a posto, però Wilder è un puttaniere. Quando vede una donna, la tratta come un pezzo di carne con cui giocare finché non si annoia; quindi passa a un'altra. Dovevo metterlo al suo posto, prima che si facesse idee strane".

Laney fa una risatina, mentre esco in retromarcia dal parcheggio.

"Che c'è da ridere?" le chiedo.

"Nulla, pensavo solo che non sei cambiato affatto".

Mi immetto sulla strada principale e le lancio un'occhiata. I capelli le ricadono sulla spalla, lasciando in bella mostra il collo delicato. Quel collo che un tempo mi divertivo a ricoprire di succhiotti.

"In che senso?" indago.

"Eri così anche alle superiori".

"Spiegati meglio".

"Corri sempre in mio soccorso, da prode cavaliere, come se non fossi in grado di mettere al suo posto quell'aspirante James Dean da sola".

Rido alla sua descrizione di Wilder, ma in effetti non ha tutti i torti.

"Sai, secondo me, l'avrebbe preso per dei preliminari. Pensa solo a divertirsi".

"E tu, invece?" mormora.

"Io cosa?" Aggrotto le sopracciglia, mentre prendo la stradina sterrata che porta a casa mia.

"Ehm, nulla. Lascia stare".

"Mi stai chiedendo se anche a me piace divertirmi come lui?" le chiedo, con una risata.

Laney alza gli occhi al cielo e sposta lo sguardo fuori dal finestrino. "Davvero, lascia perdere. Ti prego".

La disperazione nella sua voce suggerisce che forse si vergogna di avermelo chiesto oppure ha paura di scoprire la verità, ma non ho alcun problema a dirle le cose come stanno.

"Beh, meglio togliere subito il sassolino dalla scarpa, che dici? Negli ultimi dieci anni, sono stato con tre donne", ammetto, aspettando una sua reazione. Dato che non mi guarda, continuo: "Una l'ho frequentata per sei mesi. Con le altre non c'è mai stato niente di serio".

Finalmente si gira. "Quando è stata l'ultima volta?"

"Due anni fa".

Per poco non le escono gli occhi dalle orbite. "Se proprio devo essere sincera, trovo assurdo che tu sia ancora single".

"Io no, invece". Mi stringo nelle spalle. "Mi hai detto che non sei sposata, ma frequenti qualcuno?" Col cuore a mille, attendo una risposta.

"Ho divorziato cinque anni fa e sono single da quattro".

"Quindi hai trovato subito qualcuno?"

Noto che si tormenta le dita sul grembo, lo sguardo basso. "Sì, ma con lui è durata giusto un paio di mesi".

"Serena aveva cinque anni, giusto? Come l'ha presa?" le chiedo, parcheggiando nel vialetto e spegnendo il motore.

"Bene, in realtà. È sempre stata una bambina molto forte".

Scendiamo dall'auto e raggiungiamo la porta. Prima di entrare, però, le chiedo: "Ti va di fare un giro sul quad? Possiamo salire sulla montagna e guardare il tramonto".

"Sei sicuro? Pensavo dovessi tornare al lavoro, in realtà".

"Non preoccuparti, ci pensano Noah e Tripp a sostituirmi". La prendo per mano e la conduco al capanno.

"Ecco qui". Prendo un casco e glielo poso sulla testa, per poi legarlo sotto al mento. "È abbastanza stretto?"

Agita un poco la testa e poi sorride. "Sì".

Lo indosso pure io e poi balzo sul quad. Al che, metto in moto e le faccio cenno di sedersi alle mie spalle.

Il petto di Laney preme contro la mia schiena, una sensazione che vorrei provare all'infinito. Un attimo dopo, mi cinge la vita con le braccia e intreccia le dita.

"Sei pronta?" le chiedo a voce alta, per farmi sentire sopra il rombo del motore, e le tocco le mani.

Mi stringe più forte. "Al galoppo, cowboy!"

Il suo tono mi strappa una risata; poi esco in retromarcia dal capanno. Il viaggio procede tranquillo, con un panorama che ormai conosco molto bene. Il sole tramonterà tra un'ora, ma il bagliore della *golden hour* tinge i campi di sfumature di giallo, arancione e rosso, creando una scena da acquarello.

Mentre risaliamo il fianco della montagna, saluto una coppia che scende a piedi e ne approfitto per far scivolare una mano sulle sue.

"Tutto a posto?"

"Alla grande". Mi stringe forte.

Una decina di minuti dopo, parcheggio fuori dal sentiero e balziamo giù. Togliamo i caschi, poi intreccio le mie dita alle sue e la porto nel mio angolino preferito.

"Ok, siamo quasi arrivati. Però voglio che sia una sorpresa". Mi metto alle sue spalle e le copro gli occhi con la mano.

"Ayden! È proprio necessario? Così rischio di cadere col culo a terra".

"Non lo permetterei mai". Sussurro appena sopra il suo orecchio. "Ti fidi di me?"

Sospira profondamente e la sento rabbrividire contro il petto. "D'accordo".

Con l'altra mano le stringo un fianco e la guido lungo il sentiero. Il tessuto sottile della sua camicetta mi fa venire una terribile voglia di toccare la pelle nuda.

"Vai avanti così. Manca poco". Tengo il torso premuto contro di lei, così da seguire lo stesso ritmo.

"Spero proprio sia una vista spettacolare, guarda!" dice un poco seccata, e mi scappa da ridere.

"Fidati, è già meravigliosa da qui".

Mi dà una leggera gomitata, e a me sfugge un grugnito.

"Pronta?" le chiedo poco dopo, quando raggiungiamo il punto perfetto.

Appena annuisce, abbasso la mano e rimango fermo dove sono. Guardo la sua espressione e vedo che ha gli occhi sbarrati, le labbra dischiuse.

"Wow, da quassù si vede quasi tutto il ranch!"

"E guarda dietro di noi", le dico, quindi ci giriamo. "Laggiù ci sono i bungalow dell'agriturismo".

"Accidenti, non dovevi mostrarmi questo panorama… Adesso non me ne voglio più andare".

"Sai, sono stato proprio fortunato a trovare questo posto, quando più ne avevo bisogno", ammetto, pensando al periodo in cui cercavo disperatamente un lavoro.

"Potremmo portarci anche Serena, prima che torni a scuola questo autunno". Laney si gira e mi guarda.

"Mi piacerebbe proprio tanto. E pensi di poterti liberare dal lavoro?"

"Se trovo qualcuno che mi copra, certo".

La prendo per mano e la porto verso le rocce che un anno fa Mallory e Noah hanno decorato; quindi ci sediamo.

"Senti, non è che potresti parlarmi un po' della vita di Howie? Ha continuato a lavorare all'officina di suo padre?" le chiedo, accanto a lei.

"Sì, ormai aveva cominciato a gestirla praticamente da solo. Con l'età, Jimmy non ce la fa più a lavorare al caldo. Io e Serena siamo passate tantissime volte a portare il pranzo a quei due, sai. Va matta per Jim".

"Quindi in città sapevano tutti che fosse mia figlia e hanno pensato vi avessi abbandonate, giusto?" Il pensiero è peggio di una pugnalata al cuore.

"Ayden…" Fatica a trovare le parole, ma la suoneria del mio telefono la interrompe.

"Merda, scusami! È Tripp".

Laney accenna un sorriso e io rispondo.

"Sì?"

"Disco è a zonzo per il ranch. C'è bisogno dell'aiuto di tutti. Ce la fai?"

"Cazzo, com'è possibile?" Scuoto la testa.

"Quello stronzetto ha imparato ad aprire la serratura col muso e ne ha approfittato mentre ero in selleria. Quando l'ho notato, ormai se l'era già data a gambe".

Trattengo una risata. "Ops, avrei dovuto avvisarti".

"Sì, già, grazie. Allora, puoi venire o no?"

"Sono in cima al Sentiero del Tramonto, ma do un'occhiata in giro tornando giù".

"Va bene. Fammi sapere se lo vedi".

"Certo".

Chiudo la chiamata e sospiro. "Scusami, il dovere mi chiama".

"Non preoccuparti. Cos'è successo?" mi chiede, mentre torniamo al quad.

"Disco è appena arrivato in pensione da noi ed è fin troppo sveglio. È riuscito a fuggire dal box e molto probabilmente sarà in qualche campo a pascolare".

"E che fai, se lo trovi?"

"Dipende da dove lo trovo, ma informerò subito Tripp e poi ci penserà lui. Purtroppo non è la prima volta che un cavallo scappa e ci tocca dargli la caccia".

Di nuovo in viaggio, Laney mi stringe ancora più forte mentre percorro un altro sentiero, uno più vicino ai pascoli. Non può essersi allontanato troppo.

"Ah, eccolo lì". Indico alla nostra destra, dove Disco si sta rotolando nel fango.

"Oh, mio Dio!" Scoppia a ridere. "Non sapevo che lo facessero anche i cavalli".

"Lo fanno per rinfrescarsi. Ma quel cancelletto doveva essere chiuso, dato che questa zona si è allagata. Scommetto venti dollari che l'ha lasciato aperto uno dei gemelli".

"Fai il doppio e scommetto tutto su Wilder", ribatte lei

ironica, e il fatto che sia già riuscita a inquadrarlo alla perfezione mi fa morire dal ridere.

"Neanche morto. Ho già perso in partenza".

Mi avvicino al recinto e faccio un fischio per attirare l'attenzione del cavallo. Intanto, prendo il telefono e mando la posizione a Tripp, che dice che sarà qui tra più o meno cinque minuti.

"Disco!" urlo, spegnendo il motore. Io e Laney togliamo i caschi e li lasciamo sul sedile. Il cavallo continua a ignorarmi, ma perlomeno non è ancora fuggito.

"Scommetto che ogni giorno c'è una nuova avventura", commenta lei, lo sguardo fisso su Disco, che continua a rotolarsi nel fango come un maiale.

"Oh, puoi dirlo forte. Non c'è mai un giorno uguale all'altro, te l'assicuro. Succede sempre qualcosa di imprevedibile. Ma è proprio questo che rende il lavoro così divertente, anche se a volte può essere stressante".

"Immagino".

"Ancora non te l'ho chiesto: lavori ancora alla boutique di tua mamma?"

"Sì, ormai la gestisco io e negli anni ho ampliato l'inventario, così da attirare più turisti. Alla fine ha funzionato; quindi siamo riuscite ad assumere alcuni dipendenti part-time".

"Mi fa proprio tanto piacere, Lane".

Molti anni fa, sua madre aprì un negozio di vestiti e accessori particolari. Laney ci lavorava nel weekend, e prima che me ne andassi rischiavano addirittura di dover chiudere.

Con un largo sorriso, annuisce. "Ho alcune foto in cui lavoro sull'inventario con Serena in un marsupio, a fine giornata. Non riusciva mai a dormire se non la tenevo contro il petto; quindi mi sono dovuta inventare qualcosa".

Adesso sono io a sorriderle. "Scommetto che sei una madre meravigliosa".

"Sai, amo essere la sua mamma. Mi è venuto tutto naturale, più di quanto mi aspettassi. Però diciamo che siamo praticamente cresciute insieme. In fondo, avevo soltanto diciotto anni quando è nata e ho dovuto cominciare a vivere in un mondo diverso rispetto a quello delle mie amiche. Molto presto, mi hanno esclusa dal gruppo. A tre anni, Serena è diventata una vera chiacchierona e io mi divertivo un mondo a giocare con lei. Onestamente, preferivo un milione di volte stare con lei che uscire a bere".

Non riesco a smettere di sorridere, immaginandole insieme, a quell'età.

"E adesso tu hai ventotto anni, mentre lei è a metà strada dall'essere un'adulta".

Spalanca gli occhi, come in preda al panico, e mi dà una gomitata. "Sta' zitto. Queste cose non si dicono".

Con una risata, le passo un braccio sulle spalle e la stringo al petto. "È bello sapervi così legate. Spero che un giorno anche io e lei potremo avere un rapporto come il vostro".

Tripp galoppa verso di noi sul cavallo di Mallory, l'aria accigliata. "Cristo santo! Bisognerà fargli un bagno".

Sogghigno. "Hai portato gli stivali di gomma?"

"Ma vaffanculo! Sto coprendo il tuo turno! Dovresti esserci tu al mio posto".

"Ma sei stato tu a farlo fuggire", gli ricordo.

"Sì, vabbè". Fa schizzare lo sguardo su Laney. "Oh, quindi saresti tu l'amica misteriosa di Ayden di cui continua a parlare Wilder. Sono Tripp".

"Piacere".

"Allora, qui ci pensi tu?" gli chiedo.

"Sì, sì". Dà un colpetto di tacco e porta Miss Swift verso

Disco. In un attimo, riesce ad avvolgergli una corda attorno al collo e a condurlo fuori dal prato.

"Dici che ce la fa da solo?" mi domanda Laney.

"Finché Disco non si ribella, non c'è alcun problema. Però è meglio che io vada a chiudere il recinto".

Balziamo sul quad e mi avvicino al cancello aperto. Dopo che l'ho chiuso, chiedo a Laney se è stanca.

"Sì, mi sa che mi conviene tornare in albergo. È stata una giornata molto lunga".

È arrivata questa mattina in aereo e ha passato tutto il pomeriggio con me; quindi non posso biasimarla. Però, la parte più egoista di me vorrebbe passare altro tempo con lei.

"Allora ti accompagno alla macchina. Torni anche domani?"

"Certo, però devo andare via prima di pranzo per prendere il volo".

Mi dispiace tantissimo che non possa restare di più, ma so anche che deve tornare da nostra figlia e al suo lavoro.

E per il funerale di Howie.

Arrivati a casa, saliamo sul pick-up e torniamo dove ha lasciato la macchina. Passiamo il viaggio a chiacchierare e, arrivati al parcheggio, nessuno dei due accenna a muoversi.

"Grazie per essere venuta fin qui. Pensavo che non ti avrei mai più rivista", ammetto.

Evita il mio sguardo. "Onestamente, anche io. Avevo paura non volessi più vedermi".

Mi sporgo verso di lei e le sollevo il mento, per guardarla negli occhi. "Mi dispiace averti lasciata con quell'impressione. Ma adesso che sei di nuovo nella mia vita, sappi che non me ne andrò da nessuna parte. Dobbiamo organizzarci perché possa venire a trovarvi e, quando sarà fattibile, vi farò venire qui. D'accordo?"

Si morsica il labbro e annuisce.

"Facciamo colazione insieme? Mi trovi qui alle nove".

In realtà la pausa ce l'ho alle undici e mezza, ma chiederò a qualcuno di sostituirmi.

"Va bene".

Le poso un bacio delicato sulla guancia, pregando quasi che si volti di un altro centimetro per farmi gustare di nuovo le sue labbra. Ma, quando non lo fa, mi allontano. "Buonanotte, Laney. Guida piano".

"Buonanotte, Ayden".

Balza giù e raggiunge l'auto a noleggio. Il profumo del suo shampoo al cocco riempie ancora l'aria, e inspiro a pieni polmoni quest'odore tanto familiare. Seduta in macchina, allaccia la cintura e mi saluta. D'istinto, per poco non suono il clacson due volte, ma mi fermo appena in tempo. Decido che, prima di fare qualcosa di stupido, è meglio andarmene al più presto.

Capitolo Quattro
Laney

Appena i fanali della sua auto scompaiono all'orizzonte, sospiro profondamente e poggio la testa al sedile.

Aver passato così tanto tempo con Ayden ha fatto riaffiorare tantissimi ricordi di quei giorni in cui non riuscivamo a toglierci le mani di dosso. Se le inventava tutte per non smettere mai di toccarmi, e io glielo permettevo.

Una parte di me voleva che mi baciasse, ma l'altra sapeva che non avrei retto il colpo.

Io non posso restare e lui non può abbandonare questa sua oasi sicura.

Saremmo due navi nella notte che si incrociano, nessuna delle quali disposta a rimanere nei paraggi.

So che verrà a trovare sua figlia, ma anche che non tornerà mai più in Texas. Non finché suo padre sarà ancora vivo, perlomeno.

A tenere me lì, invece, ci sono mia madre e il negozio. È il luogo in cui Serena è cresciuta, l'unica parte di mondo che abbia mai visto, dove si è fatta tanti amici.

E, adesso, è anche il posto in cui verrà seppellito Howie.

Vieni con me

Sradicare le nostre vite sarebbe un rischio troppo grande.

Ma perché sento di voler rischiare tutto quanto per dare una seconda possibilità a quella vita che avremmo dovuto vivere insieme?

Tornata in albergo, faccio la doccia e indosso dei vestiti puliti e più comodi. Poi chiamo Serena e mia madre su FaceTime per la buonanotte.

"L'hai trovato, mamma?" mi chiede Serena.

"Sì, tesoro. L'ho trovato".

Gioia e speranza le illuminano il viso. "Gli hai parlato di me?"

Mia madre, alle sue spalle, rimane impassibile. Ha paura che potremmo soffrire di nuovo.

"Certo che sì. E gli ho fatto vedere tantissime foto".

"Verrà a trovarci?"

"Sì, fra qualche settimana".

"Non viene per il funerale?" mi chiede mia madre.

Scuoto la testa. "Deve lavorare", le dico, ma riesce a leggere tra le righe.

"Non vedo l'ora!" strilla Serena, emozionata.

Quando le ho detto che sarei stata via per un paio di giorni, mi ha giustamente chiesto il motivo. Sa come si chiama suo padre e mi ha sentita parlare di lui con mia madre; quindi mi ha chiesto se stavo andando a cercarlo. Non ho potuto mentirle. Ormai è abbastanza grande per capire certe cose, ma ho preferito nasconderle la situazione familiare di Ayden.

Anche se Bryan Carson non è più il sindaco di Beaumont, è ancora una figura di spicco in città. Tutti conoscono i Carson e sanno che Serena è figlia di Ayden, ma nessuno ha mai avuto il coraggio di chiedermi perché se ne fosse andato o perché avessi sposato Howie. I pettegolezzi si diffusero a macchia d'olio, ma preferimmo ignorarli totalmente. Si trattava di affari strettamente personali, ma in giro giravano diverse teorie.

"Fai la brava con la nonna, d'accordo? Sarò lì domani per cena".

"Ok, mamma. Ti voglio bene!"

"Ti voglio bene anche io".

Ci mandiamo una marea di baci, finché mia madre non chiude la chiamata. Se fosse stato per Serena, avremmo passato ore a darci la buonanotte.

Dopo il divorzio, ero pronta a ripartire da zero. Anche se la relazione successiva non ha funzionato, non ho mai sentito il bisogno di avvicinarmi a un altro uomo. Eppure, è bastato un singolo tocco di Ayden per farmi venire la pelle d'oca e provocarmi una vampata di calore tra le cosce.

Una parte di me si è sentita sollevata, perché significa che non sono "guasta".

L'altra parte, invece, non voleva altro che implorarlo di toccarmi di nuovo.

Continuo a rigirarmi nel letto, senza riuscire ad addormentarmi, finché non squilla il telefono della stanza.

Il suono improvviso mi fa quasi urlare per lo spavento.

"Pronto?" Mi siedo sul bordo del letto, in attesa di una risposta.

"Laney, sono io".

Rido. "Mi hai fatto venire un colpo".

"Scusami. Mi sono scordato di darti il mio numero e volevo solo assicurarmi che fossi arrivata in albergo sana e salva".

"Sì, tutto bene. Però… come facevi a sapere dove sono?"

Erompe in una sonora risata. "D'accordo, sto per confessarti una cosa davvero molto imbarazzante".

Con una risatina, mi infilo sotto le coperte e tengo il telefono premuto contro l'orecchio.

"Dimmi tutto".

"Beh, diciamo che potrei aver chiamato altri cinque

alberghi, prima che qualcuno riuscisse a collegarmi con la tua stanza".

Sollevo le sopracciglia. "Ma non è violazione della privacy degli ospiti, scusa?"

"Ecco… Potrei aver usato il mio fascino meridionale per convincere la receptionist".

Mi scappa da ridere. "Quindi sei rimasto il rompipalle di un tempo, capisco".

"Ehi! Sono solo molto ostinato", ribatte.

"Sì, come no. E che le hai detto?"

"Che una donna aveva lasciato il portafoglio all'agriturismo. Sapevo soltanto che stava soggiornando in un hotel in paese, ma non quale, però dovevo trovarla prima che partisse per l'aeroporto".

Arriccio il naso per la storiella patetica. "E se l'è bevuta?"

"Beh, *dolcezza*…" Enfatizza il suo accento del sud. "So essere molto persuasivo".

Alzo gli occhi al cielo e scoppio a ridere, perché so benissimo quanto può essere convincente Ayden Carson.

"Meglio se ci scambiamo i numeri, così non devi più fare il cascamorto con le receptionist".

"Mi sembri quasi gelosa, sai?" Il suo tono di scherno mi strappa un mezzo sorriso.

"No, sono *preoccupata*. Potevi farla licenziare per averla indotta a dirti quello che volevi".

Scoppia a ridere. "Cazzo, quanto mi sei mancata! Perfino quando vivevo soltanto per te, riuscivi comunque a tirare fuori un briciolo di gelosia".

"Ti odio". Metto il broncio e mi sollevo sulla testiera del letto.

"Non è vero", mormora.

Ha proprio ragione. Non potrei odiarlo e non l'ho mai odiato, neanche quando avrei tanto voluto farlo.

Continuo, con uno sbadiglio forzato. "Beh, sei pronto a segnarti il mio numero? Mi sto addormentando".

"Sì, dimmi pure".

Gli dico le cifre e, un attimo dopo, mi arriva un suo messaggio.

"Così adesso hai il mio".

"Perfetto. Allora ci vediamo domattina".

"Sogni d'oro, Laney".

"Buonanotte".

Chiudo la chiamata e sospiro profondamente per placare il martellio del mio cuore.

Sono passati tanti anni, ma quel ragazzo mi fa ancora lo stesso effetto.

Vado in bagno e scuoto la testa quando vedo il viso arrossato allo specchio. Sono tornata una ragazzina sciocca.

Lavo i denti e la faccia, poi prendo il telefono e metto la sveglia.

Soltanto adesso leggo il suo messaggio.

AYDEN

Sei ancora di una bellezza mozzafiato.

Le mie dita fremono per scrivere una risposta, ma so che, se lo facessi, passeremmo la notte a chattare, con l'illusione di poter raggiungere un qualcosa che non possiamo avere. Il mio cuore rischiava già di cedere per tutti i sentimenti repressi che ho impiegato anni a respingere, e ora, dopo un solo giorno insieme ad Ayden, potrebbe scoppiare per il loro irruente ritorno.

Vieni con me

Dopo una notte inquieta, scivolo giù dal letto alle otto e mi preparo per raggiungere Ayden. Quando ho finito, preparo i bagagli e faccio il check-out. Il volo è alle due; quindi per arrivare in orario devo partire dal ranch alle undici e mezza. Per quanto mi piacerebbe passare un'altra giornata con lui e raccontargli tutti gli altri segreti che mi sto ancora tenendo dentro, Serena mi manca da morire. So già che mi chiederà tutti i dettagli e che per settimane attenderemo con ansia il ritorno di Ayden in Texas.

Si innamorerà subito di lui.

E lui ricambierà senza alcun dubbio.

In gioco non c'è più soltanto il mio cuore. Ma anche quello di nostra figlia.

Capitolo Cinque

Ayden

Appena varco la soglia dell'agriturismo, trovo Laney seduta a un tavolo con Wilder, che la sta importunando. *Ma porca troia!*

Se quel cretino si azzarda ad avvicinarsi anche solo un centimetro di più, per colazione gli faccio mangiare i miei pugni.

"Buongiorno", la saluto quando la raggiungo, poi mi chino a baciarla sulla guancia. "Ti sta rompendo le palle?" le sussurro all'orecchio.

"Sono solo passato a salutare", si difende Wilder.

Incrocio le braccia sul petto e lo guardo torvo. "Beh, e adesso l'hai salutata; quindi levati di torno".

Laney mi afferra il braccio. "Mi stava solo parlando del ranch e di tutto il lavoro che fa qui".

"Wilder?" Sbuffo divertito e assottiglio lo sguardo di fronte al sorrisetto da imbecille che ha sul viso. "È utile quanto un trampolo a molla nelle sabbie mobili".

"Lo sai benissimo che non è vero. Ci sei solo rimasto male perché sono arrivato qui da lei prima di te". Imita la mia posa, ben consapevole che non mi metterei mai a fare scenate di fronte agli ospiti.

"Benissimo, adesso puoi andare. Ciao".

"È stato un vero piacere conoscerti, signorina Laney. Spero di rivederti molto presto". Le fa un cenno di saluto col berretto e le rivolge un sorrisetto ammaliante; poi sposta lo sguardo nel mio. "Ricordati che Dio ci guarda sempre, Ayden".

Poi mi fa il dito medio e finalmente ci lascia soli.

"Ma per caso è successo qualcosa tra di voi?" mi chiede Laney, alzandosi dalla sedia.

Sbuffo al ricordo dell'episodio avvenuto qualche mese fa. "Eh, sì. Beh, come hai dormito?"

"Non benissimo. Non mi piacciono molto i letti degli alberghi". Si stringe nelle spalle.

"Mi dispiace. Potevo offrirti il letto in più che c'è a casa mia, ma non volevo stravolgere i tuoi piani".

"Non preoccuparti. Sarò a casa per cena e crollerò ancora prima delle nove".

"Dai, mangia qualcosa prima del volo. Spero tu abbia fame, perché qui sembra sempre debbano sfamare un esercito". La prendo per mano e la porto verso il buffet.

"Mi piace proprio tanto lo stile di questo posto. Tutto quanto ha un aspetto autentico e rustico".

"Garrett e Dena amano i loro cavalli". Mi sfugge una risata. "Quando sono arrivato la prima volta, mi ha ricordato casa. Dev'essere per questo che me ne sono innamorato subito".

"Sì, immagino. Ricordi quella volta che il cavallo di Brandi l'ha seguita fino a scuola e prof Williams ha dovuto darle un permesso per riportarlo al suo ranch?"

Erompo in una sonora risata. "Sì, cazzo, me lo ricordo. Ci ha messo un'ora a tornare".

"A quel punto, io sarei rimasta direttamente a casa".

Riempiamo i piatti di crostini e salsa *gravy*, porridge di mais, uova e salsiccia. Dopodiché, prendo due tazze di caffè caldo e le porto al tavolo.

"Grazie", mi dice, mentre aggiunge la panna.

"Ancora non riesci a prenderlo liscio, eh?" ironizzo.

"Non ci credo". Con un sorrisetto, fissa il mio piatto.

"Che c'è? Adesso sono un omaccione". Do qualche pacca allo stomaco.

Laney ride e il suono arriva dritto al mio petto. "Beh, non sono abituata a vederti mangiare così tanto. Tantomeno a vederti come un cowboy".

"Ma se con Howie giocavamo sempre a fare i cowboy!"

"Intendi quando facevate a botte e uno cercava di bloccare l'altro per il collo?"

Con una risata, inizio a mangiare. Non ha poi tutti i torti.

"Io ricordo che usavamo pure qualche accessorio da cowboy", mi difendo. "E ci divertivamo un sacco quando provavamo a ucciderci a vicenda".

Laney abbassa lo sguardo sul piatto e ho paura di aver toccato un nervo scoperto. Non so come si sia evoluto il loro rapporto quando me ne sono andato, ma è evidente che la sua morte l'ha colpita profondamente.

"Lane", mormoro, poi allungo la mano e le stringo la coscia.

Quando solleva lo sguardo, ha gli occhi velati di lacrime. Detesto tutto quel dolore che ci leggo dentro e vorrei tanto poterlo cancellare.

"Sto bene. Mi piace ricordare tutti i bei momenti che abbiamo passato noi tre insieme da bambini. Fate parte di tutti i ricordi che ho fino al diploma".

Un profondo rimorso mi attanaglia per averli abbandonati, tagliando completamente i ponti. Nonostante volessi a tutti i costi ripartire da zero, avrei potuto riflettere di più sulle ripercussioni che la mia decisione avrebbe avuto sulle persone che mi amavano.

"Sai, pensava che un giorno saresti tornato", annuncia, come se mi avesse letto nel pensiero. "Il giorno dopo che sei partito, era convinto che avresti fatto marcia indietro. Una settimana dopo, ha detto che probabilmente ti eri perso e che saresti tornato. Dopo tre mesi, ha detto che non avresti resistito altri tre lontano da noi. Un anno dopo, ha smesso di fare previsioni. Una parte di lui però non ha mai smesso di pensare che un giorno saresti arrivato davvero. E nemmeno io ho mai perso le speranze.

Il dolore nella sua voce mi sta dilaniando.

"Ci ho pensato un milione di volte, Laney. Dico sul serio. Non sai quante volte sono stato sul punto di chiamarvi. Però avevo troppa paura che mio padre potesse trovarmi. Sapevo quanto poco fosse probabile, ma non riuscivo a sopportare l'idea che potesse hackerare i vostri telefoni per rintracciarmi".

Con il mio l'aveva fatto, quindi non era un timore ingiustificato.

Dopo tutto quello che gli avevo visto fare durante gli anni delle superiori, ero convinto fosse pronto a tutto pur di ottenere ciò che voleva.

"Il passato non si può riscrivere, Ayden. Capisco perché hai sentito il bisogno di farlo". Mi stringe la mano che non ho ancora spostato dalla sua gamba. "Sai, ieri sera ho sentito mia madre e Serena su FaceTime. Adesso sanno che ti ho trovato".

Mi si forma un nodo alla gola. "Davvero? E cos'hanno detto?"

"Serena era così emozionata che per poco non è saltata nello schermo. Non vede l'ora di conoscerti. E non sai quanto sia felice che potrà farlo presto".

"Ancora non ci credo che abbiamo una figlia, Lane. Ma non

sai quanto sono grato di poter rimediare per tutto il tempo perso, anche se con poco".

"Vedrai, ti ruberà il cuore al primo incontro. Te l'assicuro". Mi sorride, e non ne ho il minimo dubbio. In fondo, anche Laney l'ha sempre fatto.

Continuiamo a mangiare e mi racconta un po' delle persone che non vedo da anni, mentre io le parlo di quelle che ho conosciuto qui.

"Allora, abbiamo ancora due ore. Ti va di fare un giro dell'agriturismo? Poi, se c'è tempo, magari ti porto anche alla casa padronale. Sono certo che a Dena farebbe molto piacere conoscerti".

In realtà, è strano che non mi stia già col fiato sul collo.

"Oh, volentieri! Sul sito sembra meraviglioso", ammette. "Serena mi ha implorato di portarla qui perché vuole dormire in uno dei vostri bungalow".

Ridacchio e prendo i piatti vuoti per metterli nel bidone. "Di sicuro riuscirò a organizzare qualcosa. Ci sono un sacco di attività per bambini che le piaceranno tanto".

Come una coppia che l'ha fatto un milione di volte, le nostre mani si intrecciano istintivamente mentre torniamo al pick-up.

"Chi è che prepara da mangiare?" mi chiede, mentre guido su una delle stradine sterrate.

"Le zie di Garrett. Lavorano in cucina da quando hanno aperto l'agriturismo, ovvero quasi vent'anni fa. Ci sono anche alcuni parenti di Dena che lavorano al ranch. Alcuni cugini si occupano del saloon, altri delle pulizie, mentre altri ancora delle attività di famiglia all'agriturismo. Qui è proprio tutto in famiglia".

"Wow, pazzesco! E i due signori che cosa fanno?"

"Dena è quasi sempre a casa. Cucina per i garzoni e il personale, così non dobbiamo andare a mangiare all'agriturismo, quando ci sono gli ospiti. Anche sua madre vive qui e, dato che passano quasi tutto il tempo in cucina, in casa c'è un profumino delizioso a tutte le ore".

"E di solito vai a mangiare lì?"

"Non tutti i giorni, ma tre o quattro volte alla settimana. Per il resto, mi preparo un panino a casa. Dipende da quanto sono impegnato. Ogni tanto salto persino il pranzo".

"E suo marito cosa fa?"

"Garrett si occupa principalmente della documentazione e dei conti. Hanno anche un commercialista, ma tutto passa prima da lui. Noah voleva ampliare la zona di addestramento e l'ha implorato per cinque mesi interi. Ha perfino fatto una presentazione per esporre i benefici per il ranch".

"Santo cielo!"

"Ma stai tranquilla; Noah ha dato il massimo e ha persino superato i guadagni previsti. Adesso suo padre le permette di fare quello che vuole, dato che se l'è meritato. Ma non posso dire lo stesso dei suoi quattro fratelli maggiori".

Laney si fa una risata. "Dai, non mi sono sembrati poi così male. I classici cowboy scalmanati col cuore d'oro".

"Non mi dire che ti stai facendo abbindolare dal loro fascino da quattro soldi!"

"E tu non mi dire che sei geloso!"

Le lancio un'occhiata. "Stai evitando la domanda".

"E tu stai evitando la mia", ribatte; al che sbuffo. "Secondo me, è che sei cresciuto senza fratelli e in questi ultimi dieci anni hai scoperto cosa significa. A me pare classica rivalità fraterna, sai".

Mi stringo nelle spalle e tengo lo sguardo sulla strada, mentre ci avviciniamo all'ingresso dell'agriturismo. "Può essere".

Non è che non li consideri come una famiglia, ma i traumi

passati mi hanno impedito di avvicinarmi quanto avrei voluto. Le due persone che avrebbero dovuto proteggermi e amarmi incondizionatamente sono state quelle che ho sempre temuto di più. È per colpa loro se sono fuggito e ho abbandonato l'amore della mia vita e una figlia che non sapevo neanche di avere.

"Ok, siamo arrivati…" Con un cenno indico il suo finestrino, quindi rallento. "Sulla destra ci sono la piscina e la zona relax, mentre quello accanto è il falò. Viene acceso tutti i venerdì e c'è una serata con marshmallow arrostiti per gli ospiti".

"Ma che bello! Non lo faccio da anni".

"Immagino che l'ultima volta sia stata alle superiori, vero?"

"Proprio così. Ma scommetto che Serena si divertirebbe un mondo".

"La scuderia e il pascolo per i cavalli da passeggiata sono da quella parte". Indico il punto. "I sentieri sono dietro i bungalow e salgono su quella collina lì a sinistra. Wilder e Waylon conducono due escursioni al giorno".

"Scommetto che è un vero spasso averli come guide", commenta con un sorrisetto d'intesa. "E non mi riferisco al loro fascino, sul serio".

"Sì, come no". Alzo gli occhi al cielo.

"C'erano anche loro due in un video dell'addio al nubilato. Li ho riconosciuti subito, ma non volevo dire nulla di fronte a loro. Si stavano strappando le magliette di dosso e facevano pure la lap dance, come dei cowboy usciti da *Magic Mike*".

L'immagine mi fa venire la nausea. "Non stento a crederci".

"Per un attimo ho pensato che lavorassi in uno strip club in stile ranch". Non riesce a trattenere una risata di fronte alla mia occhiata assassina. "Ci sono cinque bungalow, giusto?"

"Esatto. I due più grandi possono ospitare fino a dodici persone, mentre gli altri sei".

"Niente male".

"Già, non c'è mai troppa gente e, perfino quando ce n'è poca, lo staff ha comunque il suo gran bel daffare. Vuoi fermarti qui a dare un'occhiata o preferisci passare alla casa padronale?"

"Se non ti dispiace, mi piacerebbe molto conoscere gli Hollis".

"Nessunissimo problema. Quando invece torni con Serena, facciamo un'escursione a cavallo tutti insieme, come una vera famiglia". Le lancio un'occhiata e noto il rossore che le tinge le guance.

"Mi piacerebbe molto".

Anche a me.

Dopo aver parcheggiato di fronte alla villa su due piani color salvia, scendiamo dal pick-up e ci fermiamo a osservarla.

"È proprio la casetta di campagna perfetta". Laney ammira il paesaggio immacolato e la veranda che circonda la casa piena di sedie a dondolo e piante verdeggianti. "Si siedono spesso qui fuori?"

"Nonna Grace e Dena si rintanano qui dopo cena. Sono assidue lettrici e amano godersi un po' di pace e serenità quando la cucina è pulita e tutti gli altri se ne sono andati", rispondo. "Ormai è una tradizione che portano avanti da tre anni, quando si è trasferita qui dopo la morte del padre".

"Oh, che tristezza! Quanta gente ci vive?"

Comincio a contare sulle dita. "Nonna Grace, Garrett e Dena, Landen e Tripp. E anche Mallory, che è arrivata l'anno scorso e sta nella camera di Noah. Ancora non l'hai conosciuta, ma è la loro cuginetta".

"Hai detto che i gemelli vivono nei bungalow del personale, vicino a te. E Noah?"

"Lei ha un cottage tutto suo a circa un chilometro da qui. Le piace avere la sua privacy e stare lontana dai fratelli".

Le scappa da ridere. "Posso capirla".

La prendo per mano e la porto sui gradini, per poi aprire la porta. "Toc toc. Sto entrando", avviso.

"Non sarà mica il mio cowboy texano preferito?" chiede Dena.

Ridacchio e scuoto la testa. "Sempre pronta ad adularmi, eh?"

"Che ci vuoi fare?" Davanti al lavello, si gira con un sorriso e poi, quando vede Laney, sbarra gli occhi. "Mi stavo giusto chiedendo quando mi avresti presentato la tua ospite".

"Laney, Dena Hollis. Dena, Laney Bennett".

"La fidanzatina delle superiori, giusto?" Dena asciuga le mani su un telo e slaccia il grembiule.

Laney fa una risatina. "Quindi ho questa reputazione, eh?"

"Sì, secondo le mie fonti".

Trattengo una risata. "Ovvero Wilder, scommetto".

"Dai, ragazzi, accomodatevi! Vi porto del tè freddo. Volete anche qualcosa da mangiare?"

"Abbiamo già fatto colazione, ma ti ringrazio", rispondo.

Per un'ora intera, Dena ci fa quasi impazzire con le sue chiacchiere incessanti e il milione di domande dirette a Laney. Per poco non sputa tutto il tè che ha in bocca quando le parliamo di Serena, al che esige che si trasferiscano entrambe al ranch. È la stessa cosa che vorrei chiederle io, ma so di non averne alcun diritto.

Quando comincia a farsi tardi, ringraziamo di nuovo Dena, e Laney le promette che tornerà presto.

"Oh, Ayden. Nel pomeriggio vado a fare la spesa. Questa settimana tocca a te decidere il menù della domenica".

"Quanto mi vizi! Ti scrivo tra un'oretta, d'accordo?" Voglio godermi a pieno tutti i minuti che mi sono rimasti con Laney.

Mi fa l'occhiolino e quindi torniamo alla macchina.

"È davvero tanto dolce, Ayden", mi dice, quando siamo di nuovo sulla strada per l'agriturismo.

"Come la madre che non ho mai avuto".

Laney allunga la mano e mi stringe dolcemente la coscia. "Meno male. Te lo meriti".

"La prossima volta, ti faccio conoscere anche Garrett. Ti piacerà subito, vedrai. Pare uno di quei cowboy pompati usciti da *Yellowstone*. Gli ospiti gli dicono sempre che assomiglia tantissimo a quel…"

"Rip Wheeler!" esclama emozionata, completando la mia frase.

Mi scappa da ridere. "Vedo che sei una fan, eh".

"L'ho guardato tutto d'un fiato con mia mamma. Chissà quante volte ha detto che abbiamo bisogno di un cowboy, nelle nostre vite".

"Beh, qui ne abbiamo a volontà". Le faccio l'occhiolino.

Fa un sorrisetto storto. "L'ho notato".

"Io non ho visto neanche un episodio, ma so comunque una marea di cose, perché Noah e la sua migliore amica Magnolia non parlano d'altro".

Laney mi sorride. "Fidati, merita davvero".

"Non ho bisogno di guardare una serie sulla vita da ranch, dato che la vivo tutti i giorni".

Sogghigna e scuote la testa. "Sei rimasto anche il solito testone".

Prendo la mano ancora posata sulla mia coscia, la stringo nella mia e me la porto alle labbra. "E tu sei rimasta bellissima da togliere il fiato".

Capitolo Sei

Laney

Ayden Carson mi ha conquistata in prima superiore, quando ha organizzato un adorabile spettacolino per chiedermi di andare insieme a lui al ballo scolastico e mi ha baciata di fronte alla squadra di cheerleader. Quattordici anni dopo, un semplice baciamano ha fatto riaffiorare quelle stesse emozioni.

"Non sai quanto sono felice che tu mi abbia trovato e sia venuta fin qui, Laney", confessa, fermando l'auto accanto alla mia. Avrei tanto voluto che questo momento non arrivasse mai.

"Anche io", ammetto. Sulla punta della lingua ho ancora uno di quei segreti che scoprirà inevitabilmente quando verrà a trovarci a Beaumont, ma ho troppa paura che possa decidere di allontanarsi di nuovo.

Non siamo riusciti a parlare di tutto quello che è successo in questi ultimi dieci anni, ma la verità cambierà tutto.

"Poi sento Garrett per chiedere le ferie entro qualche settimana. Vuoi che prenoti un hotel?"

"Oh, ehm… No. A Serena farebbe tanto piacere averti con noi".

E anche a me.

Annuisce. "D'accordo. Poi mi scrivi quando arrivi a casa, così sto più sereno?"

Gli sorrido. "Certo".

Quando si gira ad aprire la portiera e scende dal pick-up, lo seguo. Mentre aspetto che mi raggiunga, l'ansia mi fa quasi venire da vomitare. Ho detestato dovergli dire addio dieci anni fa, ed è così anche adesso.

Ayden si avvicina e mi avvolge in un abbraccio. Le braccia forti mi stringono contro il suo petto come se fossi il tassello di un puzzle fatto apposta per incastrarsi nel suo. Gli cingo a mia volta la vita e mi aggrappo alla sua maglietta, inspirando a pieni polmoni il suo profumo. Un attimo dopo, mi si mozza il fiato in gola quando sento le sue labbra calde sulla fronte, il bacio delicato e tenero. Sono quasi tentata di sollevare la testa e trovare la sua bocca con la mia, ma lui mi lascia andare troppo in fretta e tutto il mio coraggio svanisce.

"Fai buon viaggio, Laney". Apre la portiera e la richiude soltanto quando ho messo la cintura. Poi, con un ultimo sorriso affettuoso, mi saluta e torna al pick-up.

Il senso di oppressione al petto si allevia soltanto quando sono già in aereo. Adesso non riesco a pensare ad altro che a Serena, a quanto non veda l'ora di riabbracciarla. Fino adesso, avevo dormito lontana da lei soltanto quando stava dalle amiche, ma comunque a cinque minuti da casa. Nonostante l'abbia lasciata in buone mani, starle a chilometri e chilometri di distanza è stata una vera angoscia.

Appena atterro a Houston, accendo il telefono e controllo i messaggi.

AYDEN

Questa volta ho fatto il gentiluomo, ma la prossima non credo di riuscire a trattenermi dal baciarti come se non ci fosse un domani. Spero che il volo sia andato bene.

Col cuore in gola, rileggo il messaggio per la quinta volta. Come può dirmi una cosa del genere e aspettarsi che non mi faccia alcun effetto? Come diamine dovrei rispondergli?

Come faccio ad ammettere a me stessa che non ho mai smesso di amarlo? Anche se ormai siamo persone diverse, con vite completamente diverse, non avevo ancora dimenticato il suo tocco.

LANEY

Sono appena atterrata. Il volo tutto bene.

AYDEN

Meno male. Allora buon rientro :)

LANEY

Ma com'è che sei ancora più affascinante ora che ai tempi del liceo?

AYDEN

Oh? Quindi pensi che sia affascinante?

Alzo gli occhi al cielo.

LANEY

Sai benissimo di esserlo.

Se proprio vogliamo essere onesti, è proprio per questo che mi ha messa incinta: non riuscivamo a toglierci le mani di dosso:

Vieni con me

AYDEN

Ti assicuro che non ho mai voluto sedurre
nessun'altra donna. Per me ci sei sempre stata
soltanto tu.

Il cuore, già bloccato in gola, precipita nella bocca dello
stomaco. Sono ancora combattuta, con una parte di me che
vuole proteggermi e l'altra pronta ad aprire di nuovo il mio
cuore all'uomo che anni fa l'ha ridotto in pezzi. *Sono abbastanza
forte per dare ad Ayden un'altra chance?*

LANEY

Voglio fidarmi di te, Ayden. Con tutta me
stessa. Ma mi hai spezzato il cuore e ho paura
possa succedere di nuovo.

AYDEN

Lo so, dolcezza. Ho molto da farmi perdonare
e ti giuro che non mi fermerò finché non ci
sarò riuscito.

Gli mando l'emoji imbarazzata, poi avviso mia mamma che
sono già atterrata.

Appena prendo il trolley e scendo dall'aereo, vengo travolta
da un senso di trepidazione.

"Mamma!" urla Serena, come mi vede. Mi corre incontro
con le braccia aperte e si lancia nelle mie.

"Ciao, tesoro!" La stringo forte. "Ma sei cresciuta in una
notte sola!"

"Non è vero!" Mi lascia andare e mi guarda. "Mi sei
mancata".

"Anche tu". Le stampo un bacio sulla testa.

"Voi due siete proprio inseparabili". Mia madre ridacchia.

Ed è vero. Perfino quando c'era Howie, io e Serena
abbiamo sempre affrontato il mondo insieme.

Recupero la valigia e poi Serena mi prende per mano, per accompagnarmi alla macchina.

"Raccontami *tutto*". Dopo che ci siamo allacciate le cinture, parte subito con le domande: "Com'è il *Tennis-ii*?" La storpiatura mi strappa una risata.

"Molto simile al Texas", ammetto. "Ho conosciuto gran parte della famiglia".

"Hanno un accento fantastico, vero?" chiede mia madre, con un sorriso.

Ridacchio e annuisco.

"Non parlano come noi?" mi domanda Serena.

"Sì, ma hanno una pronuncia più nasale e un accento più marcato".

"Posso andarci anch'io?"

"Sì, amore. Un giorno. Prima però verrà Ayden, tra giusto qualche settimana".

"Oh, mamma! Possiamo andare al mare? E a un rodeo? E allo zoo? Ci sarà per il quattro luglio?" Rimbalza praticamente sul sedile, il viso acceso dall'emozione.

"Ehi, tesoro, rallenta un po'. Ci organizzeremo quando deciderà le date, d'accordo?"

Sono davvero contenta che voglia fare così tante attività divertenti tutti insieme, ma ho anche paura che, quando Ayden ripartirà per il ranch, le spezzerà il cuore. È fin troppo semplice innamorarsi di lui, e so che per loro due sarà amore a prima vista.

"Anche lui è felice di vedermi?" mi chiede Serena.

"*Tantissimo*, amore".

Durante il viaggio, mia madre mi racconta cos'è successo al negozio durante la mia assenza, mentre Serena tira fuori sempre più idee, con un sorriso perenne sul volto. Io, intanto, continuo a ripensare a tutte quante le interazioni che abbiamo avuto nelle ultime ventiquattro ore.

Spero soltanto che ne avremo molte altre.

Capitolo Sette

Ayden

In queste ultime tre settimane, mi sono sentito un uomo nuovo.

Ho trovato una nuova ragione per svegliarmi al mattino. Una nuova ragione per sorridere.

Ed è tutto merito delle due donne che hanno conquistato il mio cuore.

Non ce l'ho fatta ad aspettare di conoscere Serena di persona; quindi ho chiesto a Laney se potevamo vederci su FaceTime per spezzare il ghiaccio. Mi sembrava giusto presentarmi, prima di invadere casa loro per una settimana. Poi, quasi tutte le sere, l'ho ringraziata per avermi concesso quest'occasione di tornare a far parte delle loro vite.

Chiedere le ferie a Garrett è stata una passeggiata, dato che in questi dieci anni di lavoro al ranch non mi sono mai preso una vacanza, ma trovare qualcuno che mi sostituisse è stata un'altra storia. Siamo in alta stagione e, col caldo che fa, nessuno ha molta voglia di lavorare più del dovuto.

Diciamo solo che devo sia un rene che il fegato a più di un garzone del ranch, se mai ne avrà bisogno.

Vieni con me

Wilder mi ha chiesto il numero di Laney in cambio del suo aiuto nel tenere puliti i box, ma la mia controfferta è stata un pugno allo stomaco.

Per i prossimi sette giorni, potrò concentrare tutte le attenzioni su mia figlia, nella speranza di riparare almeno in parte ai danni che ha causato la mia partenza. Anche se nell'ultimo periodo ci siamo sentiti quasi tutti i giorni, dover tornare in Texas mi rende nervoso da morire. Non so cosa penseranno gli altri nel rivedermi o quale idea possano essersi fatti sulla mia sparizione. Sono sicurissimo che mio padre verrà a scoprirlo presto e che troverà un modo per perseguitarmi. Anche se, dentro di me, spero con tutto me stesso che anche lui sia scomparso.

Le due ore e mezza di volo sono passate all'insegna dell'ansia. Quando atterriamo, faccio un respiro profondo e mi preparo psicologicamente al momento che cambierà completamente la mia vita.

AYDEN

Sto scendendo dall'aereo. Dove ci troviamo?

LANEY

Tranquillo, ci vedrai subito ;-)

Accigliato, seguo la folla fino al ritiro bagagli, confuso dalle sue parole. Ma non ho neanche il tempo per scervellarmi troppo, perché appena arrivo alla fine delle scale mobili trovo due bellissime donne ad attendermi.

Lo sguardo di Laney incrocia il mio, mentre un largo sorriso le orna il volto. Accanto a lei c'è Serena, che tiene in mano alcuni palloncini con diversi messaggi di auguri scritti sopra, come *Buon compleanno, papà* e *Buona Festa del papà*. Laney, invece, regge un cartello bianco che dice: *Aspettiamo il cowboy più sexy di tutto il Texas*. Intorno al testo ci sono diverse fotografie di loro due.

"Oddio, non ci credo!" Scuoto la testa, con un sorriso a trentadue denti sul volto, e le raggiungo.

Laney dà una lieve alzata di spalle. "Serena ha voluto accoglierti in grande".

Mi inginocchio di fronte alla mia bambina e prendo la sua mano libera nella mia. "Grazie mille. Sono proprio contento di poterti finalmente vedere di persona".

"Posso abbracciarti?"

"Ma scherzi? Certo!"

Senza esitare un attimo, si getta tra le mie braccia. I palloncini ci finiscono sul viso e scoppiamo a ridere insieme.

"Visto che ci siamo persi tanti compleanni e Feste del papà, mamma ha pensato di comprarteli", mi dice, lasciandomi andare.

"Sono bellissimi, grazie". Le stampo un bacio sulla fronte. "Li conserverò per sempre".

Dopodiché, mi alzo e abbraccio anche Laney, con un sospiro. È bellissimo poterla avere di nuovo tra le mie braccia. "Grazie". Poi, senza preavviso, le poso una mano sulla guancia e la bacio sulle labbra.

Io gliel'avevo detto che la prossima volta che ci saremmo visti non mi sarei più trattenuto. Erano settimane che non aspettavo altro, ma non posso lasciarmi trasportare troppo, perché siamo insieme a Serena e in pubblico. Ma non vedo l'ora di poterla baciare sul serio.

Faccio scivolare la lingua tra le sue labbra per accarezzarle la sua, prima di separarmi da lei.

Mi guarda imbambolata, senza parole, e noto che le è venuto il fiatone.

"Sai di fragola", mormoro con un sorrisetto, deliziato dal rossore che le tinge il viso.

"Ehm… Beh, com'è essere di nuovo in Texas?" mi chiede per spezzare il silenzio, quando nota che Serena ci sta fissando.

"Non mi era mai piaciuto così tanto come adesso". Le faccio l'occhiolino. "Per il resto… è ancora da vedere".

Il nervosismo è sempre lì.

Ritrovarmi nel mio stato natale dopo aver vissuto per dieci anni a millecinquecento chilometri di distanza è molto strano. Ho il terrore che mio padre possa apparire da un momento all'altro per dirmi che sono un pezzo di merda che ha abbandonato sua figlia.

Come se lui fosse mai stato un padre modello.

Raggiungiamo il nastro trasportatore per recuperare la mia valigia. Arrivati in macchina, bisticcio con i palloncini per farli restare sui sedili posteriori, e Serena ride come una matta ogni volta che mi colpiscono in faccia. Alla fine, decide di darmi una mano.

Durante il viaggio verso casa loro, Serena parla di tutto e di più. Mentre la guardo, non riesco a smettere di sorridere. Assomiglia tantissimo a Laney, anche se lei dice che abbiamo lo stesso naso. Ma, comunque sia, è una bambina meravigliosa sia dentro che fuori.

"Allora, domani andiamo allo zoo e facciamo un picnic con gli ippopotami. Poi…"

"*Con* gli ippopotami?" Sollevo un sopracciglio.

"Sono i miei animali preferiti!" esclama.

"Oh, allora dobbiamo assolutamente mangiare con loro!" Le faccio l'occhiolino.

Va avanti a parlare senza sosta finché non arriviamo. Vederla così emozionata mi rassicura, perché significa che venire fin qui non è stato un errore. Laney mi aiuta con i bagagli e i palloncini, poi entriamo in casa.

Serena muore dalla voglia di farmi fare un giro. È un posticino molto grazioso e curato. Più di quanto mi aspettassi, onestamente, visto che vivono con uno stipendio solo da quando Laney ha divorziato. Non mi ha ancora raccontato nulla del matrimonio o di quello che è successo, e io non mi sono impicciato. Spero solo che prima o poi si senta pronta a condividere quella parte della sua vita anche con me.

"Vieni, voglio farti vedere camera mia!" Serena mi prende per mano e mi trascina in corridoio.

"Serena Mae, calmati un po'!" urla Laney dal soggiorno, strappandole una risata.

Spalanca la porta e con un sorriso ammiro la bellissima parete decorata con coccinelle e farfalle. C'è qualche poster attaccato vicino al letto a castello e, sul lato opposto della stanza, ha una cassettiera con sopra un piccolo televisore.

"È proprio adorabile", le dico, notando le luci al LED sul soffitto.

"Guarda!" Accende un aggeggio nero, che proietta luci e stelle sul soffitto. "Ho una galassia tutta mia".

"Wow, è davvero la camera più bella che abbia mai visto! Posso dormire qui?"

"Sì! Facciamo un pigiama party!" strilla emozionata.

"In realtà, ti lascio il mio letto", interviene Laney, sulla porta.

Serena mette il broncio e un cipiglio mi aggrotta la fronte. Non mi piace deluderla così.

"È troppo grosso per quel lettino, tesoro. Dormirò io qui con te".

"Sei sicura?" Mi giro a guardarla. "Non mi dispiace mica".

Mi posa una mano sulla spalla. "Oh, fidati. Domattina mi ringrazierai, quando non ti sveglierai col torcicollo".

Nonostante la tentazione di chiederle di condividere il *suo* letto sia forte, mi trattengo.

"Dai, ti mostro il resto della casa", insiste Laney.

Mi conduce nel bagno per gli ospiti e nel suo studio, per poi portarmi nella camera matrimoniale. Poso la valigia e il trolley e mi guardo intorno.

"È proprio bella, Laney. Molto nel tuo stile". Sorrido, mentre sposto lo sguardo sulle fotografie di Serena che ricoprono le pareti. Ce ne sono anche alcune insieme a sua madre. Il davanzale è decorato con qualche piantina, mentre un'edera artificiale è avvolta attorno al bastone delle tende.

"Grazie. Volevo renderla un posto in cui potessi sentirmi al sicuro e rilassarmi dopo un'intensa giornata di lavoro. Quando Serena va a letto, mi faccio un bel bagno caldo per distendere i nervi. È il mio angolino della casa preferito". Mi mostra il suo bagno, con un'ampia vasca e una doccia.

"Mi fa piacere. Te lo meriti". Vorrei chiederle se anche il suo ex viveva qui, ma preferisco non essere troppo diretto. "Quando vi siete trasferite?"

Si gratta la gola. "Ehm, se non sbaglio, circa otto anni fa".

Quindi ci viveva anche lui.

"Beh, hai regalato a Serena una casa molto bella e accogliente".

Con un lieve sorriso, annuisce e poi mi porta in cucina.

"Quando non sono al lavoro, cuciniamo sempre la cena insieme. Non vede l'ora di farlo anche con te".

"Però non sono molto bravo in cucina".

"Serena ne va pazza, invece. Quando sta con mia madre, riescono a preparare dei veri e propri banchetti. Sta diventando davvero brava, per la sua età".

Le sorrido. "Allora spero che non le dispiaccia insegnarmi qualcosa".

La sera, io e Laney ordiniamo dal ristorante cinese dopo che Serena è crollata a letto. Prima di andare a dormire, mi ha insegnato a preparare i *French toast*, ci siamo divertiti con un gioco da tavolo e poi mi ha mostrato diversi album di fotografie. È stata la serata in famiglia più normale della mia vita, e la porterò sempre nel cuore.

"Senti, posso farti una domanda?" chiedo a Laney, mentre mangiamo. Avevamo già cenato con Serena, ma è venuta comunque fame a entrambi.

"Sì, certo".

"Vorrei sapere qualcosa di più sul tuo matrimonio".

Deglutisce nervosamente, prima di rispondere alla domanda inaspettata. "Ehm, beh… Diciamo che eravamo più coinquilini che altro. In realtà, io volevo…"

"Mamma!" urla Serena, facendoci sobbalzare per lo spavento.

"Arrivo!"

Si fionda in camera di Serena e io la seguo.

"Cos'è successo, tesoro?" le chiede, mentre io resto sulla porta.

"Ho avuto un incubo".

"Oh, tesoro mio. Va tutto bene. Era solo un sogno". Laney

si siede sul bordo del letto e le accarezza i capelli. "Vuoi che resti qui con te finché non ti addormenti?"

Serena annuisce. "Può rimanere anche papà?"

Quando mi chiama *papà*, il mio cuore prende a fare le capriole. Al telefono mi sono presentato come Ayden, e fino ad adesso mi ha sempre chiamato così. Onestamente, non me l'aspettavo proprio e sono davvero felicissimo che si sia adattata così facilmente alla mia presenza nelle loro vite.

"Certo, piccoletta". Mi avvicino al letto e mi inginocchio.

"Le piacciono tanto i massaggini alla testa", mi informa Laney.

Sfodero un sorrisone. "Ci penso io".

Capitolo Otto

Laney

Quando Ayden mi ha chiesto del matrimonio, volevo dargli una risposta totalmente onesta. Però Serena ci ha interrotti e adesso non so come tornare sull'argomento senza rovinare il suo soggiorno qui da noi. Questo segreto mi consuma da quando ci siamo ritrovati. Ho deciso di dirgli la verità prima che se ne vada, ma non ho idea di come farlo. Non è che ho paura che non capisca; piuttosto mi preoccupano la sua reazione e le conseguenze che potrebbero avere le sue azioni.

Era da tanto tempo che Serena aspettava questo giorno; quindi non posso permettermi di rovinarlo. Ama andare allo zoo e stamattina abbiamo passato un'ora a preparare il pranzo al sacco.

"Sei emozionato anche tu, papà?" gli chiede Serena, mentre rimbalza gioiosa sul sedile posteriore. L'ha chiamato così per tutta la mattina e non potrei essere più felice. È da tanti anni che sa dell'esistenza di Ayden ed è surreale poterli finalmente vedere insieme.

"Emozionatissimo!" esclama lui. "Non vedo l'ora di accarezzare un ippopotamo".

"Cosa?" strilla lei, ridacchiando. "Mica puoi accarezzarli!"

"No? E perché?"

Serena ridacchia ancora e scuote la testa, incredula.

"Perché ti mangiano!"

I loro scambi di battute sono assolutamente adorabili.

Anche con Howie aveva un ottimo rapporto. È stato la figura paterna di cui ai tempi aveva bisogno, e so quanto sarebbe felice e orgoglioso di vedere che Ayden è tornato nelle nostre vite.

Sarebbe proprio bello averlo ancora qui con noi.

Cinque ore dopo, entriamo in casa con una bambina esausta. Serena si è addormentata in macchina e Ayden si è offerto di trasportarla in braccio per non doverla svegliare. Fare il papà gli viene naturale, e so che così sarà ancora più dura quando dovrà andarsene.

Mentre metto gli avanzi in frigorifero, parlo al telefono con mia madre per raccontarle dell'uscita in famiglia. Ho riassunto brevemente tutto quello che abbiamo fatto, assicurandole che ci siamo divertiti un mondo. Quando sento Ayden in corridoio, la saluto e chiudo la telefonata.

"Ecco fatto. Sta ronfando sotto le coperte". Entra in cucina e vedo che si è messo qualcosa di più comodo.

Anche lui ha l'aria stremata, ma è comprensibile. L'energia esplosiva di Serena non è per tutti, e ci vorrà un po' di tempo prima che possa farci l'abitudine. Ci ha trascinati da una parte all'altra, con una pausa al negozio di souvenir prima di ripartire per un secondo giro. L'abbiamo tenuta per mano entrambi, mentre non la smetteva un attimo di parlare di ippopotami, scimmie e serpenti. Visto che adora leggere, non è mai stato un problema tenerla con me al negozio durante i miei turni di lavoro. Se ne rimane sempre chiusa nell'ufficio, a leggere qualche libro sugli animali.

"Si è divertita un mondo con te, sai", gli dico, mentre pulisco il bancone.

Si appoggia allo stipite della porta, con un sorriso sul suo viso troppo perfetto. "Anche io. E ora non vedo proprio l'ora di farle vedere il ranch".

"Oh, le piacerà da morire".

"Mallory ha giusto un paio d'anni in più, e scommetto che le farà molto volentieri da insegnante".

"È la nipotina, giusto?"

"Esatto. L'anno scorso ha perso entrambi i genitori, ma per fortuna la vita tra i cavalli la sta aiutando a superare il trauma. Noah mi ha detto che soffre ancora molto, ma che non vuole darlo a vedere".

"Mamma mia, che tristezza!" Perdere mia madre mi distruggerebbe; quindi non voglio neanche immaginare quanto sia terribile perdere entrambi i genitori in un colpo solo.

Si spinge via dalla porta e si avvicina. "Dimmi un po': cos'è che fai per te stessa?"

"Che vorrebbe dire?" gli chiedo, nervosa, chiedendomi se ha intenzione di riportare quella sua bocca famelica sulla mia.

Mi solleva il mento e incontro i suoi occhi ardenti, che mi fanno venire una voglia matta di abbassare la guardia e baciarlo. Quando l'ha fatto ieri, in aeroporto, mi ha colto completamente impreparata. La prossima volta, però, devo essere pronta.

"Ho visto quanto tempo e impegno dedichi al tuo ruolo di mamma e so quanto lavori duramente al negozio. E quindi… cos'è che fai solo per te stessa?"

Dovrei dirgli che uso un vibratore Bullet nella vasca finché non raggiungo tre orgasmi e posso dormire per sette ore di fila?

Beh, no… *questo* non glielo dico.

"Tra Serena e il negozio, non mi rimane molto tempo per me stessa". Mi stringo nelle spalle. "Dopo il divorzio ho provato a frequentare di nuovo qualcuno, ma è stato troppo difficile trovare un equilibrio. E, quindi, ci ho rinunciato".

"Sono convinto che sei e sei stata una madre meravigliosa, ma dovresti anche prenderti una pausa. Se provi a fare tutto quanto, tutto insieme, rischi di crollare".

"Quando avevo bisogno di una mano, potevo contare su mia madre e Howie", gli spiego, nel tentativo di ritornare sull'argomento per rivelargli finalmente la verità sul suo migliore amico.

"Beh, adesso ci sono io a prendermi cura di te. Vieni, ho una sorpresa". Mi porge la mano e la accetto, con scetticismo.

"Ovvero?" gli chiedo, mentre mi conduce fuori dalla cucina.

"Lo vedrai presto".

Entriamo nel mio bagno e rimango letteralmente a bocca aperta.

"Ayden…"

La luce è spenta, ma le candele accese sul mobile e sui vari ripiani rivelano la vasca piena di bolle di sapone.

"Com'è possibile?" gli chiedo, incredula. "Quando l'hai fatto?"

"Quando tu stavi parlando con tua madre. Non ho potuto prendermi cura di te per dieci anni. Quando ho trovato le candele e il bagnoschiuma, ho deciso che meritavi una pausa e un po' di tempo per te stessa. Io intanto pulisco la cucina e faccio tutto ciò che c'è da fare. Però tu mi devi promettere che ti rilassi nella vasca per almeno un'ora".

Apro la bocca e incrocio il suo sguardo. Prima che possa protestare, mi passa una mano sulla nuca e mi preme al petto. Poso le mani sul suo corpo sodo e mi sento mancare il fiato. I suoi occhi rimangono fissi nei miei, mentre un sorrisino divertito gli incurva le labbra, la bocca talmente vicino alla mia da risultare quasi una tortura.

"Ho trovato il tuo giocattolino sotto il lavandino e pensavo potesse esserti utile; quindi l'ho posato su quella pila di asciugamani". La sua voce profonda mi fa venire i brividi lungo la schiena, finché non realizzo di cosa sta parlando.

Oh, mio Dio! Che vergogna!

Dopodiché, Ayden mi stampa un bacio sulla fronte e se ne va, chiudendosi la porta alle spalle.

Non pretendo di essere perfetta, ma non pensavo di cedere così facilmente quando sono scivolata nell'acqua calda e ho visto il vibratore che Ayden mi aveva cortesemente lasciato accanto alla vasca.

Però a lui non lo confesserò mai.

Dovrà saziare qualunque curiosità con l'immaginazione.

Ma, porca miseria, è la prima volta che riesco a venire così tante volte di fila.

Quel bacio, la sua premura, la malizia.

Il mio corpo è esploso.

Quando mi asciugo, lego la vestaglia e vado in camera da letto, dove mi starà sicuramente aspettando.

Ma la realtà supera ogni mia aspettativa.

"Pensavo volessi il dessert, dopo quel bel bagno *orgasmico*".

"Ayden Carson, non è divertente…" Sento le guance in fiamme, mentre un violento rossore mi tinge il viso.

"Non ti piace il crumble di pesche?" Solleva un sopracciglio, pur sapendo che mi riferisco ad altro.

"Lo sai che mi piace. Ma da dove l'hai tirato fuori?"

"Beh, sai, ho scoperto questa nuova tecnologia all'avanguardia che ti fa ordinare il cibo a domicilio…"

Con una risata, mi siedo accanto a lui sul letto, col dolce in mezzo. "Immagino che al ranch non esista, vero?"

"No, se non vale la signora Hollis".

Con una risatina, prendo la forchetta che mi porge. Poi, assaggio un boccone e mi sfugge un gemito deliziato.

"Buono, eh?"

"Buonissimo", mormoro. "Era da secoli che non lo mangiavo".

"È tutto tuo, tesoro. Vuoi anche una Coca?" Si alza.

"Ehi, e tu non ne mangi? Possiamo dividerlo".

"No, no, voglio viziarti". Si china e strofina il suo naso sul mio. "Quindi goditelo tutto tu". Il suo accento marcato mi fa sciogliere e quasi lo imploro di baciarmi ancora. Di toccarmi. Di porre fine alle mie sofferenze.

Invece, mando giù il groppo alla gola e annuisco. "Grazie. Va benissimo un tè freddo".

"Perfetto". Dopo un bacio sulla fronte, va in cucina.

Cristo! Se l'è spassata di più la mia fronte in questi due giorni che il resto del corpo negli ultimi dieci anni.

Dopo la visita al ranch, Ayden mi ha scritto tutte le sere. Messaggi dolci, ma anche messaggi sconci. E adesso che è qui, mi sventola davanti agli occhi il suo fascino e il suo fisico da urlo, senza però cedere a quello che desideriamo entrambi.

Cazzo, scommetto che mi toccherà pregarlo in ginocchio!

Ma non ho alcuna intenzione di farlo. *Non ancora,* perlomeno.

Non finché non gli avrò raccontato la verità su Howie e il nostro passato.

Anche se, dentro di me, vorrei fregarmene e strappargli almeno un altro bacio.

Se glielo dicessi adesso, rovinerei senz'altro la serata rilassante che mi ha regalato; perciò mi toccherà farlo un'altra volta.

Domani visiteremo la tomba di Howie e gli dirò tutto lì.

Spero solo che possa perdonarmi.

Capitolo Nove

Ho temuto questo giorno per settimane, ma devo farlo.

Devo dire addio ad Howie Adams, il mio migliore amico dai tempi dell'infanzia.

L'uomo che è rimasto accanto a Laney al posto mio, che ha conosciuto mia figlia prima di me e che non meritava di morire così giovane.

Serena mi ha detto che stasera vuole cucinare la cena insieme a me, perché mi tirerà su l'umore dopo che saremo tornati dal cimitero.

Mi sto aggrappando a questa promessa per non crollare. Ieri sera, dopo aver preparato il bagno e ordinato il dolce per Laney, mentre la aspettavo ho scritto una lettera per Howie. Ci ho riversato dentro tutte le mie emozioni, consapevole che oggi non ce l'avrei fatta a pronunciare quelle stesse parole.

"Sei pronto?" mi chiede Laney dalla soglia della sua stanza, meravigliosa come al solito. I capelli biondi le ricadono sulle spalle, mentre gli occhi verdi incrociano i miei.

Finisco di infilare le scarpe, poi mi alzo e sospiro profondamente. "Sì. Andiamo".

Serena saltella lungo il corridoio, mentre Laney mi prende per mano e stringe forte. È molto dura anche per lei. Mi ha chiamato dopo il funerale, in lacrime. Si era trattenuta per la famiglia di Howie e per Serena. Ma quella sera, quando ci siamo sentiti al telefono, le ho chiesto di buttare fuori tutto quanto il suo dolore. È stato terribile sentirla piangere e non poter essere lì con lei, ad abbracciarla. Howie era un ottimo amico e l'ha aiutata tantissimo con Serena. Quando ci ha lasciati, si è portato via un pezzo del suo cuore. Adesso che non c'è più, non potrò mai ringraziarlo per quello che ha fatto in mia assenza.

Durante il viaggio in macchina, Serena racconta di quando Howie si è travestito da ippopotamo, al suo ultimo compleanno. Se la ride di gusto al ricordo di come i suoi amichetti l'avessero bastonato con delle mazze da baseball di plastica per farsi dare delle caramelle.

Lancio un'occhiata assolutamente sconvolta a Laney, che scoppia a ridere e scrolla le spalle.

"Amava i bambini".

So che non era sposato, ma non ho mai chiesto se avesse dei figli. "Ne aveva?"

Scuote la testa.

"Lo zio Howie non poteva sposarsi", mi dice Serena. Non pensavo ci stesse ascoltando.

Assottiglio lo sguardo e mi giro a guardarla. "Come mai?"

"Perché siamo nella Bible Belt!"

"Non… Non capisco". Riporto lo sguardo su Laney, pallida in volto mentre si concentra sulla strada.

"Ecco…" Si schiarisce la gola, ma Serena la anticipa.

"Zio Howie e zio Reagan non potevano sposarsi", afferma. "Ma hanno fatto comunque una piccola cerimonia".

"Chi sarebbe Reagan?" chiedo a Laney.

"Il suo partner", risponde.

"Howie era gay?"

Annuisce. "Ha fatto coming out in famiglia cinque anni fa. Ma io lo sapevo da molto prima".

Batto con forza le palpebre, scioccato che nessuno dei due me ne abbia mai parlato.

"Perché non me l'hai detto?"

"L'avrei fatto".

"È per questo che zio Howie si è trasferito. Preferiva vivere con zio Reagan", aggiunge Serena.

"Viveva con voi?" *Perché diamine non mi ha detto manco questo?*

"Sì, per un po'…"

"Cos'è che mi nascondi?" chiedo a Laney.

Entra nel parcheggio del cimitero e mi lancia una rapida occhiata. "Possiamo parlarne dopo?"

"Certo, ma *ne* parleremo…"

Ad Howie volevo bene come a un fratello, e sapere che era gay non avrebbe cambiato nulla; però perché Laney non mi ha mai detto niente, in queste ultime settimane?

Parcheggia, poi prende il bouquet di rose che abbiamo comprato e mi accompagna alla tomba. La lapide non è ancora stata installata, ma il terreno è circondato da diversi fiori. Mi inginocchio e passo la mano sull'erba.

"Ehi, bello…" mormoro, la voce strozzata. Cristo, cosa non darei per poterlo rivedere un'ultima volta! La vita è davvero ingiusta.

"Zio Howie, finalmente ho conosciuto il mio papà!" esclama Serena, emozionata, e una nuova ondata di rimorso misto a un vortice di emozioni mi travolge. "Adesso *lavora in un ranch*". Si fa una risatina.

L'informazione che inaspettatamente aggiunge mi strappa una risata.

"Già, anche lui lo troverebbe molto divertente", ammetto, con un sorriso. Una star del football diventata un garzone.

Sfilo la lettera dalla tasca, poi la metto tra le rose e lascio il bouquet accanto a uno più vecchio. "Leggila, quando hai un minuto libero", mormoro.

"Che cos'è?" mi chiede Serena.

"Una letterina che gli ho scritto".

"Posso leggerla?"

"Serena Mae, non fare la maleducata!" interviene Laney.

Serena mette il broncio.

"Mi dispiace, piccoletta. È roba da adulti".

"Conosco tante robe da adulti", esclama lei.

"Lo so, tesoro, ma è una lettera personale, che può leggere solo zio Howie", le spiega Laney.

Serena aggrotta la fronte, scontenta di essere stata esclusa. "Allora gli scrivo una lettera anche io".

"Ottima idea". Laney sorride.

"Ti do la versione Bignami", dico a Serena.

"La che?" Mi guarda con un'espressione assolutamente confusa, e a me e Laney scappa da ridere.

"Gli ho detto che è stato meraviglioso poter conoscere mia figlia e che sei fantastica", riassumo, alzandomi in piedi per abbracciarla.

"Beh, questo era ovvio", ribatte, il tono cantilenante.

"E gli ho anche detto che tu e la tua mamma siete belle come una pesca", continuo.

"Davvero?"

Annuisco, con un sorriso, e lancio un'occhiata a Laney. Un leggero rossore le tinge le guance.

"Da quando avevo tredici anni, ho sempre pensato che la tua mamma fosse la donna più spettacolare che avessi mai visto". Mi ha rubato il cuore, e non ho mai voluto riaverlo indietro. "E abbiamo una bambina bellissima".

"Ho visto alcune foto di quando mamma era più giovane e aveva l'apparecchio e gli occhiali". Serena si fa una risatina.

"Ehi, non essere cattiva!" la rimprovera Laney.

"Era la quattrocchi più bella del mondo", confesso, per prenderla un po' in giro.

Laney mi dà un colpetto sul braccio.

Spero che Howie ci stia guardando e stia ridendo con noi.

Dopo qualche minuto, Laney prende per mano Serena e la porta via, per lasciarmi un momento di privacy. Mi inginocchio, prendo un bel respiro e cerco le parole giuste per esprimere tutta la mia gratitudine. "Ti devo un favore enorme, Howie. Sono stato un pessimo amico. Avrei dovuto contattarti subito dopo essermi rimesso in piedi. Mi dispiace da morire. Avevo troppa paura". Gli racconto un po' della mia vita al ranch e lo ringrazio ancora e ancora per essersi preso cura di Serena e Laney in mia assenza.

"Avrei voluto sapere prima di Reagan. Ma magari riuscirò a incontrarlo, prima di andarmene".

Rimango un altro po', finché non decido che è ora di tornare in macchina. Laney e Serena ascoltano della musica country, e sentirle cantare mi strappa un sorriso.

"Tutto bene?" mi chiede Laney, quando mi siedo.

Il sorriso sul mio volto è sincero. "Mai stato meglio".

Capitolo Dieci
Laney

L'immagine di Ayden seduto davanti alla tomba di Howie mi ha spezzato il cuore.

Ancora non conosce tutta la verità, ma, se aspetto troppo, c'è il rischio che soffra ancora di più. Nei suoi occhi leggo il rimorso che lo sta consumando, e so che sarà sempre peggio.

Però, ieri sera ci ho provato di nuovo.

Abbiamo divorato la nostra famigerata pizza fatta in casa e guardato un film, comodi sul divano. Però Serena si è addormentata tra di noi verso la metà. Dopo che Ayden l'ha portata a letto, gli ho chiesto se gli andasse di riprendere quell'importante conversazione cominciata in macchina.

Ha esitato, probabilmente perché non pensava fosse il momento giusto. Era stanco, tanto fisicamente quanto psicologicamente, e così abbiamo deciso di riparlarne a mente fresca.

Dev'essere molto confuso sul perché abbia scelto di non parlargli di Reagan, ma la situazione familiare era così incasinata non volevo dargli altre brutte notizie. Ayden ha sempre visto il padre di Howie come una figura paterna, e so che la verità su quello che è successo quando lui ha fatto coming out lo distruggerà. Si tormenterà ancora di più per avere abbandonato il suo migliore amico.

Però non posso proteggerlo in eterno.

Deve saperlo.

"'Giorno", mi saluta Ayden, entrando in cucina con i capelli spettinati, a torso nudo e con dei pantaloni che gli cadono sui fianchi.

"Dormito bene?" gli chiedo, cercando di non fissarlo troppo.

"Benone. Il tuo letto è comodissimo. Sicura che non ti manca?" Il suo tono malizioso mi spinge quasi a dargli corda, ma c'è Serena seduta a tavola.

"Caffè?" gli chiedo, per sviare.

"Sì, grazie".

Prende una tazza e io la riempio.

"Oggi che si fa, signore?"

"Shopping!" strilla emozionata Serena.

"Dove si va?"

"Al negozio. Mia madre vuole vederti", gli dico.

Manda giù un sorso. "Oh. Perché ho paura voglia prendermi a calcioni nel sedere fino all'anno prossimo?"

Ridacchio, ricordando la prima volta che ci ha trovati da soli in camera mia. L'ha quasi cacciato di casa con un mestolo di legno.

"Serena non fa che parlare di te; quindi non vede l'ora di rivederti".

"Devo mettere la conchiglia, secondo te?" sussurra.

"Non ce n'è bisogno. Lo sa che abbiamo fatto sesso, dato che abbiamo una bambina", rispondo a voce bassa.

"Ti ho sentita", annuncia Serena, e io sbarro gli occhi.

"Non è vero", replico, incrociando le dita.

"Tu e papà eravate sposati, quando sono nata?"

"No, tesoro. Non eravamo sposati", le rispondo, con onestà.

"Oh, allora devo chiamare la nonna".

Aggrotto le sopracciglia, confusa. "Perché?"

"Per dirle che si è sbagliata. Mi ha detto che per avere dei bambini bisogna essere sposati, ma voi non eravate sposati e quindi non è vero". Si stringe nelle spalle, con innocenza.

Cristo santo! Dovrei fare più attenzione quando si sentono per telefono.

Ayden mi fissa sconvolto oltre il bordo della tazza, senza la minima intenzione di partecipare alla conversazione.

"Sai, magari questa sera te ne parla papà, che dici?" Scocco un sorrisetto furbo ad Ayden.

"Ehm…" Ha lo sguardo perso.

Gli do una pacca sulla spalla. "Ti tocca, *papà*".

È una bellissima giornata di sole e stiamo passeggiando per le stradine del centro. Serena saltella davanti a noi, mentre la mia mano sfiora quella di Ayden. Nessuno dei due ha più menzionato il bacio dell'altro giorno o quanto mi fa eccitare ogni volta che si avvicina per baciarmi la fronte. Dopo aver messo Serena a letto, mi ha abbracciata forte e ringraziata per averlo portato alla tomba di Howie. Poi ho sentito il suo respiro che mi solleticava la guancia, come se si stesse trattenendo. Terrorizzata che potesse rifiutarmi, sono rimasta immobile ad aspettare che facesse la prima mossa.

Alla fine, però, mi ha stampato un bacio tra i capelli con un sospiro, per poi darmi la buonanotte.

La tentazione di infilarmi in camera mia e chiedergli di toccarmi era fortissima, ma avevamo entrambi bisogno di dormire.

È già qui da quattro giorni e fra tre tornerà in Tennessee. Non abbiamo mai parlato del nostro rapporto di coppia, soltanto di quando potremo andare a trovarlo al ranch, così che possa rivedere Serena.

Ma, se non mi bacia di nuovo, rischio seriamente di esplodere.

Lo so che non farebbe altro che complicare le cose, ma mi è mancato così tanto che le conseguenze possono anche andarsene al diavolo. Ovviamente vorrei potessimo diventare una vera famiglia, ma viviamo a millecinquecento chilometri di distanza e uno dei due dovrebbe per forza cambiare radicalmente vita.

"Eccoci qui", annuncio, quando arriviamo di fronte all'insegna *Boutique Cuore d'Oro*.

"Wow... è cambiato tantissimo!" commenta Ayden, appena raggiungiamo il negozio.

"E aspetta di vedere com'è dentro".

Serena apre la porta e una folata d'aria fredda ci colpisce il viso.

"Sembra proprio un altro posto". Si guarda intorno. "È incredibile, Lane".

"Grazie". Sfodero un largo sorriso, orgogliosa del lavoro che ho fatto. "Sai che prima avevamo soltanto le magliette con le varie espressioni del sud, no? Beh, adesso vendiamo anche tazze, bicchieri, agende, cover e molto altro. I turisti ne vanno matti".

"Nonna!" esclama Serena, quando arriva mia madre.

"Farfallina mia!" Si stringono in un abbraccio e intanto le raggiungiamo.

"Ciao, mamma".

"Ciao, tesoro. Ayden".

"Signora Bennett. È un vero piacere rivederla".

"Ma quanto sei cresciuto!" commenta, facendo scorrere lo sguardo sul suo fisico muscoloso.

"Lavora in un ranch!" esclama Serena, e giuro che ormai l'ha detto praticamente a tutti.

"Così ho sentito. Significa che è un omone grande e forte, eh?" Un sorrisetto le appare sul viso.

"Non sono più l'ometto mingherlino di un tempo", ironizza Ayden, strappando una risata a Serena.

"Gli faccio fare un giro", dico a mia madre; poi lo prendo per mano.

"Mi odia", sussurra al mio orecchio, mentre attraversiamo il negozio.

"Non è vero".

Inarca un sopracciglio, affatto convinto. "Beh, non credo di esserle mancato neanche un po', in questi anni".

"Sì, quando ha scoperto che ero incinta e che tu eri sparito dalla circolazione, era incazzata nera. Ma, quando ha saputo che ti ho trovato e che saresti venuto da noi, è rimasta sconvolta. Le basta vedere sua nipote felice".

Sospira profondamente. "E dici che si arrabbierà, quando verrete a trovarmi?"

"Mi ha già detto di prendermi qualche giorno di ferie; quindi anche lei vuole che costruiate un bel rapporto. Credo sia soltanto un poco preoccupata. Non vuole che Serena soffra".

O che soffra io.

"Neanche io", ammette, il tono affettuoso.

Parliamo d'altro e gli mostro gli articoli che ho aggiunto di recente all'inventario. Altro artigianato locale e gioielli unici che non si possono acquistare dai grandi rivenditori online.

"Mi piace tutto tantissimo, Lane. Questo posto ha proprio il tuo stampino". Mentre lo dice, indica una maglietta con scritto *Non sono acida, sono allegramente incazzata.*

Trattengo una risata. "Grazie. Ho provato a inserire qualche piccola novità, ma non volevo che andasse persa l'anima del negozio e ho cercato di renderlo un posticino speciale, dove i clienti tornino volentieri".

"Non farti ingannare dalla sua modestia", interviene mia madre, alle nostre spalle, facendoci voltare. "Ha sgobbato come un mulo per arrivare fin qui".

Ayden ridacchia. "Ci credo eccome. Laney è sempre stata una grande lavoratrice".

"Hai proprio ragione. Beh, Ayden, tu che ne pensi? Ti piace?"

"Oh, da impazzire, signora Bennett. Dovete esserne orgogliose".

"Grazie. Lo siamo". Gli rivolge un sorriso sincero, però poi viene allontanata da un cliente.

"Dai, Serena, è ora di andare", le dico, dato che il negozio ha aperto i battenti. Uno dei nostri lavoratori part-time inizia a occuparsi della piccola folla che entra.

"Ma mamma..."

"Serena Mae..." ribatto, il tono severo.

"Sì, signora".

Va verso l'uscita; quindi la seguo e saluto mia madre con un gesto della mano.

Appena fuori, sul marciapiede, troviamo il signor Hendersen, che mi rivolge un cenno del capo. "Buongiorno, signora Adams. Oggi c'è proprio un caldo infernale, eh?"

Col cuore bloccato alla bocca dello stomaco, rispondo con

cortesia e cerco di ignorare quello che è appena successo, continuando a camminare con Ayden al mio fianco. Serena cammina davanti a noi, ancora indecisa sul dove andare.

"Perché ti ha chiamata signora *Adams*?"

È il cognome di Howie.

Con un groppo alla gola, mi sposto sul bordo del marciapiede per non essere d'intralcio.

"Si dimentica sempre che non è più il mio cognome".

Si toglie il berretto da baseball e passa una mano tra i capelli. "Dovrai spiegarti meglio".

"Te l'avrei detto presto".

"Che cosa, Laney?" Inarca un sopracciglio.

"Io e Howie eravamo sposati".

Fa un passo indietro. "Hai sposato il mio migliore amico *gay*?"

"Ayden, ascolta…" Mi avvicino. "Non è come pensi. Avevamo un accordo".

Incrocia le braccia sul petto, lo sguardo fisso nel mio. "Che genere di accordo?"

"La sua famiglia avrebbe smesso di impicciarsi nella sua vita sentimentale e…" Mi preparo psicologicamente a quello che sto per dirgli. "E tuo padre aveva minacciato di portarmi via Serena, se non gli avessi dimostrato che potevo mantenerla da sola. Col matrimonio abbiamo preso due piccioni con una fava".

Fa un passo verso di me, le spalle sollevate e rigide. "Mio padre ti ha *minacciata*? Che cos'ha fatto?"

"Mamma! Papà! Venite o no?" urla Serena, ma nessuno dei due distoglie lo sguardo.

"Parliamone a casa, d'accordo?" Guardo Serena, che ci sta aspettando.

"Va bene. Ma *ne parliamo*".

Merda!

Era proprio quello che temevo. Lo sapevo che non se la sarebbe presa per l'accordo tra me e Howie, ma soltanto per quello che ha fatto suo padre. Adesso Ayden è più grosso, più forte e più maturo. Potrebbe benissimo fargli del male, se lo volesse, ed è questo che mi spaventa.

Se dovesse mettergli le mani addosso, il signor Carson non esiterebbe a farlo arrestare.

Capitolo Undici
Ayden

Quando parcheggiamo nel vialetto di casa, riesco a malapena a pensare. Serena rimbalza sul sedile posteriore, imbottita di zuccheri, e non la smette più di parlare di un ragazzino che si chiama Sawyer Beck. Abbiamo beccato la sua famiglia in gelateria e, a quanto pare, i due hanno avuto un battibecco qualche mese fa a scuola. Laney mi ha assicurato che se n'è occupata lei e non ho dubbi, ma ero pronto a dire a quel tipetto di tenere a posto le mani, altrimenti gliele avrei tagliate.

Avere una figlia sta tirando fuori una rabbia che pensavo venisse alimentata soltanto dai miei genitori. E, invece, sembra che possano scatenarla pure i bambinetti di nove anni che osano spingere mia figlia e farle del male.

Ovviamente, a tutto questo si aggiunge anche la furia provocata dalle rivelazioni di Laney. La vita segreta di Howie, il fatto che avesse un partner, che si sia preso cura di mia figlia e che abbia sposato la mia ragazza delle superiori.

Non sono arrabbiato perché si sono sposati.

Ma perché sono stati *costretti* a farlo.

Vieni con me

E sono furioso che mio padre l'abbia minacciata e io sia venuto a saperlo soltanto adesso.

Sono tornato qui senza la minima intenzione di vederlo, pregando proprio di non incontrarlo, ma dentro di me è cambiato qualcosa. Deve pagarla per tutti gli occhi neri e le costole rotte che mi ha causato.

Una volta dentro, Serena porta le buste in camera sua e comincia a sistemare quello che le ho comprato. Laney mi aveva detto di non viziarla, ma è più forte di me. Ho nove anni da recuperare. Se la mia bambina vuole qualcosa, il suo papà glielo prende.

"Ayden?" mormora Laney sulla soglia di camera sua, mentre io mi siedo sul materasso.

"Mi serve un momento", le dico, con onestà. Devo ancora digerire tutte le informazioni.

Dopo un minuto, spezza il silenzio: "Per me Howie è sempre stato soltanto il mio più caro amico. Niente di più".

"Non è quello che mi dà fastidio, Lane". Inclino la testa di lato e incrocio il suo sguardo. "Sei venuta da me tre settimane fa e mi hai detto che abbiamo una figlia. Mi hai perfino chiesto di venire fin qui, ma non ti sei degnata di raccontarmi quello che c'è stato tra di voi. Hai detto che volevi parlarmene, ma allora perché non l'hai fatto? Perché nascondermelo?"

Aggrotta la fronte e si avvicina. "Qualche volta ci ho provato davvero. Però, o siamo stati interrotti oppure ho perso il coraggio. Avevo paura di perderti di nuovo".

La sua voce sommessa e nervosa mi preoccupa; quindi mi alzo. "E perché mai?"

"Se ti avessi raccontato che tuo padre mi ha minacciata e che io e Howie siamo rimasti sposati per cinque anni… beh, avevo paura che decidessi di fuggire di nuovo. Di fuggire da *noi*. Quando ci siamo rivisti dopo un decennio, non sapevo cosa aspettarmi o come avresti reagito. Temevo che gettarti addosso una brutta notizia dopo l'altra sarebbe stato troppo da sopportare. In fondo, è colpa di tuo padre se mi hai lasciata qui. Pensavo che, una volta saputa la verità, avresti deciso di non venire a conoscere tua figlia". Fa un respiro profondo, lo sguardo basso mentre si morde il labbro. "Quindi, da vera egoista, ho aspettato perché volevo averti qui, perché volevo che conoscessi Serena e mi dessi la possibilità di mostrarti ciò che potevamo costruire insieme: una famiglia".

Percependo il dolore nella sua voce, le vado incontro. Con un dito sotto il suo mento, le sollevo la testa e vedo che sta piangendo.

"Mi dispiace che tu non sia riuscita a fidarti abbastanza di me, Laney. Farò tutto il possibile per riconquistare quella fiducia, per dimostrarti che sarò qui per te e Serena sempre e comunque. Qualunque cosa sia, non voglio che tra di noi ci siano più segreti. Non me ne vado da nessuna parte. Te lo giuro".

"Scusami… Meritavi di saperlo prima".

Annuisce e le poso la mano sul viso, per asciugare le lacrime col polpastrello del pollice. Senza più riuscire a trattenermi, chino il capo e la bacio dolcemente.

Lentamente, con esitazione, intreccia la sua lingua alla mia mentre mi gusto la sua bocca. Le do e prendo tutto ciò che voglio, impaziente di reclamarla.

Laney Bennett è sempre stata mia, nonostante la distanza e i dieci anni di lontananza.

Lo sarà in eterno.

"Ti prego, dimmi cosa ti ha fatto mio padre…" mormoro, spostandomi un poco per posare la mia fronte sulla sua. Mi viene subito in mente quello che ha fatto a Gabby, e se si è azzardato a toccare Laney giuro che lo ammazzo. Per tutta la vita ho assistito alle sue azioni malvagie senza poter fare nulla, ma questa volta non la farà franca.

Laney annuisce; quindi ci sediamo sul letto.

"Qualche mese dopo aver scoperto la gravidanza, tuo padre si è presentato in negozio e mi ha chiesto se quello che aveva sentito sul mio conto fosse vero. Ho finto di non capire, ma non potevo nascondere la pancia. Appena l'ha notata, mi ha detto che mi avrebbe portata in tribunale per chiedere l'affidamento".

"Voleva l'affidamento? Pazzesco!"

"Sosteneva che non ero adatta a fare la madre e che un bambino non poteva crescere senza padre. Ero molto giovane e, dato che ero stata allevata da una madre single e mi ero fatta mettere incinta a soli diciotto anni, non avrebbe mai permesso che il suo unico nipote vivesse con una come me".

"Che bastardo!" mormoro, scuotendo la testa. "Dovevi mandarlo a fare in culo".

"Non sai quanto volessi farlo. Quando l'ho detto a mia mamma, si è incazzata da morire. Ma poi, un'amica di famiglia che fa l'avvocato ci ha detto che le sue accuse si fondavano sul nulla e che quindi non dovevo preoccuparmi".

"Ma mio padre non è una persona qualunque…" commento, sapendo bene che la storia non finisce qui.

"Esatto. Un paio di mesi dopo, ho ricevuto una lettera in cui un giudice mi informava che ero tenuta a dimostrare di avere un reddito stabile e sufficiente o un coniuge con una copertura assicurativa, altrimenti il signor Carson sarebbe diventato il custode legale per conto di suo figlio, ovvero… *te*".

"Non ci posso credere!" Scuoto la testa, incredulo. "Come diamine è possibile?"

"L'avvocato ha detto che, se c'è la firma di un giudice, allora è possibile".

Essendo avvocato, mio padre ha una marea di agganci e

informazioni compromettenti su tutti; quindi dovrei saperlo che riesce sempre a trovare un espediente per prendersi quello che vuole. È un uomo infimo e lo è sempre stato.

"E com'è che tu e Howie avete deciso di sposarvi?"

"Mia madre era disposta a dare fondo a tutti i suoi risparmi per pagare un avvocato, ma non volevo perdesse il negozio. Se avessimo portato la questione in tribunale, sapevo che tuo padre avrebbe vinto comunque. Quindi mi sono rivolta all'avvocato per capire che opzioni avevo, e mi ha consigliato di trovare marito. Qualcuno con un lavoro stabile e un'assicurazione sanitaria, così che il signor Carson non potesse avere nulla contro di noi".

"Cristo!". Scuoto la testa, terribilmente dispiaciuto, perché in fondo è colpa mia se si è ritrovata in quella posizione. L'avevo abbandonata. Dovevo aspettarmelo che mio padre avrebbe ficcato il naso dove non doveva. Ha sempre avuto la tendenza di infilarsi in posti che invece avrebbe fatto meglio a ignorare.

"Ne ho parlato con Howie, ed è stato lui a suggerirmi di sposarlo. Siamo sempre stati amici, ma non capivo cosa ne avrebbe tratto lui. Poi mi detto che sua nonna e le zie gli stavano facendo pressioni perché si sposasse e cominciasse a sfornare figli. Dentro di me avevo i miei sospetti, ma quando ha menzionato che la sua famiglia estremamente religiosa non l'avrebbe mai accettato per quello che era, ho capito tutto".

"Wow, è assurdo che abbia preferito nascondersi così, piuttosto che rivelare la verità".

"Lo sai come funziona da queste parti, Ayden. È lo stesso stigma che la società ha affibbiato alle ragazze che diventano madri prima del matrimonio e si ritrovano a dover crescere i figli da sole. Tutti giudicano tutti".

"Sì, lo so bene". Tutti si aspettavano che seguissi le orme di mio padre, che continuassi a giocare a football anche all'università, che mi laureassi dove l'aveva fatto lui, che mettessi su famiglia e intraprendessi la carriera politica. Ogni passo al di fuori di quel sentiero già tracciato non sarebbe stato apprezzato.

"Howie lavorava a tempo pieno all'officina del suo papà e guadagnava bene; quindi sapevamo che un matrimonio ci avrebbe salvati dal sindaco e dalla sua famiglia. E così, ci siamo sposati ed è venuto a vivere con me a casa di mia madre, finché non abbiamo comprato casa insieme l'anno dopo".

"E avevate già deciso per quanto tempo avreste continuato a fingere?"

"No, in realtà no. Eravamo ottimi amici e ci piaceva molto vivere insieme, visto che nessuno dei due era interessato a trovare qualcuno; quindi non c'era alcuna fretta. Comunque sia, sapevo che, se fossi riuscita a reggermi in piedi da sola dal punto di vista economico, tuo padre non avrebbe più avuto scuse per tormentarmi. Però è cambiato tutto quando è arrivato Reagan".

Faccio fatica a metabolizzare tutto quanto. "È assurdo che Howie si sia spinto a tanto".

"Ti voleva un bene dell'anima, Ayden. Siete sempre stati migliori amici e avrebbe fatto qualunque cosa per te. Per proteggere me e Serena. Incluso sposare la madre di tua figlia in comune, quando era all'ottavo mese di gravidanza, e prendersi cura della bambina". Si lascia sfuggire una risata amara.

"Dovevo esserci io qui con te".

Si stringe nelle spalle. "O magari io avrei dovuto seguirti".

"La famiglia di Howie come ha preso il divorzio e la storia con Reagan?"

"All'inizio non molto bene. Specialmente suo padre e sua

nonna. Alla fine, l'amore che provavano per lui ha vinto su tutto il resto, e hanno capito che Howie amava un uomo, che loro lo accettassero o meno. Quando sono riusciti a mettere da parte i pregiudizi, anche loro si sono innamorati subito di Reagan. E pensa che, durante la piccola cerimonia privata, suo padre l'ha perfino accompagnato all'altare. È stato tutto molto dolce".

"Grazie per avermelo detto, Laney. Voglio sapere tutto quanto, ok? Basta segreti. Non me ne vado da nessuna parte". Poso la mia fronte sulla sua, resistendo all'impulso di gustare di nuovo le sue labbra.

"Ayden, ci sarebbe un'altra cosa…"

"Mamma! C'è un signore alla porta". La voce di Serena ci interrompe e ci separiamo di colpo.

"Chi può essere?" chiedo a Laney.

"Non saprei. Sarà uno dei soliti venditori. Di questi tempi sono allucinanti".

Sentendo sulle spalle il peso di tutte le tribolazioni che hanno dovuto affrontare Howie e Laney, la seguo in soggiorno. Vorrei tanto poterlo ripagare per aver protetto le mie donne.

"Papà, mi dai del succo?" mi chiede Serena.

"Come si dice?" la rimprovera Laney, andando alla porta.

"Per piacere", aggiunge subito la bimba.

"Certamente". Sorrido e la seguo in cucina. "Che gusto?"

"Uva! È il mio preferito".

"Arriva subito!" esclamo, mentre balza su uno degli sgabelli.

"Che cosa vuoi? Non puoi stare qui". La voce nervosa e ovattata di Laney attira la mia attenzione. "Vattene. *Subito*".

"Chi è?" chiede Serena.

Ottima domanda.

"Torno subito. Tu resta qui", le ordino, severo.

"Non me ne vado finché non…"

"Papà?" chiedo, quando lo vedo di fronte a Laney.

"…vedo mio figlio", conclude.

"Cosa ci fai qui?" Incrocio le braccia sul petto e mi fermo accanto a Laney.

"Non avrai mica pensato che non mi sarebbe giunta voce che il mio unico figlio è tornato in città, vero? Dovevo vederlo con i miei occhi". Aggiusta la cravatta, gli occhi fissi nei miei.

"Beh, eccomi qui. Ora puoi andartene".

Vorrei togliergli quell'espressione divertita dal volto con un pugno.

"Quindi ti sei stancato di giocherellare nel fieno, eh? Finalmente sei pronto a diventare un padre e un marito?" Incrocia le braccia, piantando i piedi per terra come a dire che non ha intenzione di andarsene molto presto. Ha usato questa tecnica intimidatoria un milione di volte, quando ero più giovane, ma ormai non funziona più.

Mi avvicino e supero Laney, per ritrovarmi faccia a faccia con quel pezzo di merda di mio padre. "So cos'hai fatto. Quindi porta il tuo culo di merda fuori dalla proprietà di Laney e schiantati contro un albero. È per colpa tua se ho preso tutto e me ne sono andato, e non fingere di non saperlo".

"Non incolpare me per le tue azioni. Se l'amavi davvero, potevi sempre tornare a trovarla. E così avresti scoperto molto prima di avere una figlia".

"Non azzardarti a parlare di mia figlia. Non fai parte della sua vita". Digrigno i denti talmente forte che sento un molare che si spezza.

"Chi sei?" Serena si ferma accanto a me. Impreco sottovoce perché non mi ha ubbidito. Laney prova a intervenire, ma ormai è troppo tardi.

Mio padre si inginocchia di fronte a lei, con un sorriso

subdolo sulle labbra. "Sono tuo nonno".

"Vattene", dico bruscamente. "Qui non sei il benvenuto".

Serena mi tira per la maglietta. "Come mai?"

Mando giù il groppo alla gola e le dico la verità. "Perché è colpa sua se me ne sono andato".

Mio padre si schiarisce la gola. "In realtà, è grazie a me se vive in questa casa e frequenta una scuola privata d'élite".

Laney prende Serena per mano. "Vai in camera tua, tesoro. Arrivo subito".

"Ma mamma…!"

Laney la guarda duramente; al che Serena annuisce e si allontana. Quando sento i suoi passi che riecheggiano in corridoio, mi rivolgo a Laney.

"Cosa significa?"

"Non te l'ha detto?" Il tono divertito di mio padre è seguito da una risata.

"Stavo giusto per farlo", sussurra Laney. "Prima che arrivasse alla porta".

"Ma guarda un po' che caso!" Continua a ridere. "Mentre tu ti divertivi a fare il cowboy, io ero qui a mantenere tua figlia".

"La stessa figlia che volevi strappare dalle braccia di sua madre?" sibilo.

Non ha alcun senso. Perché prima ha provato a ottenere l'affidamento e dopo ha cominciato a darle soldi per crescere Serena?

Controllo.

Non potendola avere nelle sue grinfie, ha deciso di assumere il ruolo di burattinaio.

"Quanto?" chiedo a Laney.

Mi guarda confusa. "Quanto cosa?"

"Quanto ti ha dato? Gli restituirò fino all'ultimo centesimo, così non saremo più in debito con lui. Quindi… quanti soldi ti ha dato in questi anni?"

"Non lo so…" mormora, scuotendo la testa.

Mio padre erompe in una risata malvagia. "Bene, cominciamo dalla casa: cinquantamila di acconto. Non avrai mica pensato che, perfino con un marito finto, una ventenne con una figlia e un lavoro part-time potesse permettersi di comprare casa, vero?"

"Che altro?" chiedo seccamente, ignorando l'impulso di sbattergli il cranio contro la porta.

"Diecimila dollari all'anno per quattro anni di scuola privata".

Altri quarantamila.

"Continua", insisto, tenendo il calcolo a mente.

"Ventimila in viveri, vestiti e insegnanti privati. Sessantamila per il SUV".

"Finito?" Stringo con forza le labbra per nascondere la rabbia, visto che non voglio dargli questa soddisfazione.

"Direi di sì. Gli altri possiamo contarli come regali da parte del nonno".

"Ottimo, allora ti mando un assegno. Non osare più avvicinarti a me o alle mie donne. D'ora in avanti, ci penserò io a mantenere la mia famiglia. Non che tu sappia cosa significhi averne una".

"Non puoi permetterti il loro stile di vita spalando merda di cavallo nel Tennessee. Dovresti essermi grato. È soltanto grazie a me se non sono finite in mezzo a una strada a cercare cibo tra i cassonetti. Invece, vivono in un bel quartiere sicuro. Le ho protette".

In cambio di cosa? Mio padre non dà mai nulla gratis.

Assottiglio lo sguardo, tenendo i piedi ben piantati per terra per non fare qualche stronzata che mi spedisca dritto in prigione. Conoscendo mio padre, sporgerebbe denuncia anche se lo toccassi con un dito.

"Ringrazierò *il cielo* il giorno in cui potrò sotterrarti e sputare sulla tua tomba", concludo, per poi fare un passo indietro e sbattergli la porta in faccia.

"Ayden, stiamo parlando di centosettantamila dollari".

"Lo so". Vado in cucina, prendo il bicchiere vuoto lasciato sul bancone e verso il succo che mi ha chiesto Serena.

"Non c'è bisogno che tu gli restituisca tutti quei soldi. Me li ha dati perché si sentiva in colpa per averti mandato via. Adesso che sei tornato, sta solo cercando di farti innervosire".

Sbatto la bottiglia di succo sul ripiano. "Non voglio che mio padre abbia più alcun potere su di me. Non l'ha fatto per rimorso, ma perché voleva tenere in pugno la situazione".

"Che cosa vorrebbe dire?" Incrocia le braccia e posa i fianchi sul bordo del bancone.

"Non appena ha scoperto che eri incinta di mio figlio, *suo nipote*, non poteva permettere che la comunità ti vedesse in difficoltà. Sarebbe stata una macchia sulla sua reputazione. Avrebbe danneggiato la campagna di rielezione. L'ha fatto per salvare il *suo* di culo, non il vostro. Non gliene frega proprio un cazzo di voi due".

È proprio per questo che Serena non lo conosceva neanche. Se avesse davvero tenuto a lei, avrebbe chiesto di incontrarla molto tempo fa.

"Mi dispiace, Ayden. Stavo giusto per dirtelo. A essere onesta, avevo tanto bisogno di quei soldi. Odiavo dipendere da lui, ma mi bastava che avesse smesso di minacciarmi e non volesse vederla".

Prendo il bicchiere e vado in camera di Serena, dove busso piano alla porta. "Sono io".

Viene ad aprire, imbronciata. "Adesso posso uscire?"

"Ecco il succo". Le porgo il bicchiere.

"Io e papà dobbiamo parlare, tesoro. Guardati un film, e tra poco veniamo a chiamarti per la cena".

"Va bene", mormora; poi beve un sorso e chiude la porta.

"Se proprio vuoi ripagarlo, allora lascia che ti aiuti. Ho abbastanza soldi da parte. E poi riceverò anche una parte dell'eredità di Howie. Quando gli affari al negozio sono decollati, ho detto a tuo padre che non avevo più bisogno dei suoi soldi. Però lui ha insistito comunque e ha voluto che la mandassi soltanto nelle scuole migliori, assumessi insegnanti di prim'ordine e le comprassi dei bei vestiti per la chiesa. Però ho cominciato a metterne un po' da parte per il suo futuro".

"Tu non gli darai neanche un centesimo", affermo, inflessibile.

"Ayden, ti prego..." Mi segue in camera sua.

"Laney, ho detto di no". Mi giro, e lei finisce contro di me.

"Non essere così testardo". Poggia le mani sui fianchi, le sopracciglia corrucciate.

"Mio padre sapeva dov'ero finito, Laney. Lo sapeva e non si è neanche preso la briga di farmi sapere che avevo una figlia. Ha continuato a riempirvi di soldi per mantenere la sua reputazione linda e cristallina. Quindi no, tu non gli darai assolutamente niente. Negli anni, ho messo via tantissimi soldi perché non ho mai fatto grandi spese e ho preferito tenerli da parte per i giorni più bui. Gli restituirò quello che vi ha dato, così non avrò nessun debito nei suoi confronti. Se dovessi aver bisogno di pagare qualcosa per Serena, rivolgiti a me. Le servono soldi per la retta scolastica? La pago io. D'ora in avanti, permettimi di prendermi cura di lei, ok?"

Fa un passo indietro, l'aria confusa. "Come fai a sapere che sapeva dov'eri?"

"Perché mi ha preso per il culo per il mio lavoro al

maneggio e ha detto pure *in Tennessee*".

"Non è che magari gliel'ha riferito qualcuno di recente? In fondo, Serena l'ha detto a destra e manca che lavori in un ranch", mi ricorda.

"Oh, fidati. Gliel'ho letto negli occhi e l'ho capito dalla sua voce. Non so come mi abbia trovato o perché non abbia fatto nulla, ma ogni sua azione è calcolata alla precisione. Sapeva che, finché ero lontano, non aveva problemi a mantenere pulita la sua reputazione. E, stando io a centinaia di chilometri di distanza, non c'era nessuno a cui avrei potuto rivelare quello che ha fatto a Gabby. Sapeva che non avrei taciuto per sempre".

Anche se poteva ricoprire la carica di sindaco soltanto per due mandati, gli rimaneva comunque il suo prestigioso studio legale. Uno scandalo di tale portata – incentrato su una ragazzina delle superiori incinta e costretta ad abortire – non avrebbe soltanto rovinato la sua reputazione e la sua famiglia, ma l'avrebbe anche fatto finire in galera.

"Mi dispiace, Ayden. Vorrei non aver accettato neanche un centesimo da lui. Ma avevo paura che si sarebbe vendicato, se non l'avessi fatto".

"Non è colpa tua, Lane. Non ce l'ho assolutamente con te". La stringo a me e le carezzo le braccia. "Gli restituirò tutti quei soldi e lo eliminerò per sempre dalle nostre vite".

Qual è la parte peggiore di tutta questa storia? Che avrebbe potuto dirmelo anni fa che avevo una figlia, ma non l'ha fatto comunque. Ha deciso di mettere se stesso al primo posto, come ha sempre fatto.

Mentre io mi credevo al sicuro, in realtà lui sapeva benissimo dove mi trovavo.

E odio essere stato via così tanto a lungo per paura.

Quel bastardo la pagherà.

Capitolo Dodici
Laney

"Perché quel signore è venuto da noi?" mi chiede Serena, quando entro nella sua stanza. È seduta sul letto e guarda un film.

Mi metto accanto a lei. "Perché voleva vedere il tuo papà".

"È cattivo?"

Faccio scorrere la lingua sulle labbra e ci rifletto un attimo, prima di rispondere. Anche se non voglio spaventarla, è comunque troppo piccola per comprendere a pieno la situazione.

"Non è una brava persona", le dico alla fine. "Non va d'accordo con papà".

"Come mai?"

Ayden si schiarisce la gola, poi ci raggiunge e si inginocchia vicino a noi. "Perché ha fatto del male a me e alla mia mamma. Me ne sono andato perché non potesse più mettermi le mani addosso o rovinarmi la vita. Invece, avrei fatto meglio a restare qui e tenergli testa".

"E perché non l'hai fatto?" gli chiede Serena. È sempre stata una bambina molto curiosa.

"Avevo paura. Lui è un uomo molto potente, mentre io ero solo un ragazzino. Speravo che ricominciare la mia vita da un'altra parte mi avrebbe protetto".

"Ma così non hai mai saputo di me".

Un lieve sorriso incurva le labbra di Ayden. "Hai proprio ragione. Avrei tanto voluto saperlo prima".

"Così rimanevi?"

"Certamente!" Incrocia il mio sguardo perché ne abbiamo già parlato. "Avrei sposato la tua mamma e ti avrei dato qualche fratellino".

Batto con forza le ciglia e mi si forma un groppo alla gola.

Di *questo* però non abbiamo discusso.

"Beh, c'è ancora tempo!" esclama Serena, rimbalzando sul letto. "Adesso sarei una brava sorellona. La mia amica Maisie ha due fratelli più piccoli e aiuta sempre la sua mamma. Gli fa pure il bagno!"

Ayden mi rivolge un sorrisetto e giuro che mi stanno andando letteralmente a fuoco le guance.

"Mi pare una bella idea", commenta Ayden.

Per poco non mi strozzo quando cerco di cambiare argomento: "Ehm… Avete fame?"

"Sì! Possiamo mangiare i *tacos*?" mi chiede Serena.

"Certo, tesoro". Mi alzo e le stampo un bacio tra i capelli.

Mentre esco dalla stanza, giro la testa e guardo Ayden. Dice qualcosa che la fa ridere, ed è la scena più dolce a cui abbia mai assistito in vita mia. Mi piacerebbe tantissimo avere altri figli con lui, ma prima di parlarne abbiamo ancora molta strada da fare.

Arrivata in cucina, apro il frigorifero e ci entro quasi dentro, perché l'aria fresca plachi le fiamme che mi avvolgono.

Quest'uomo mi ha baciata, ormai due volte, ma sentirgli

dire che vorrebbe mettermi incinta di nuovo mi sta facendo perdere letteralmente il lume della ragione.

Respiro profondamente per riprendermi e poi tiro fuori gli ingredienti che mi servono. Quando ho tutto sul bancone, verso la carne nella padella e accendo il fuoco.

Il vapore mi arriva al viso e, come accendo la cappa, sento due mani forti sui fianchi che mi fanno sussultare.

"Cristo, che paura!"

"Non mi hai sentito entrare, eh?" mi mormora all'orecchio, facendo scivolare la lingua sulla pelle sensibile poco al di sotto. "Hai la testa da un'altra parte, per caso?"

Prima che possa rispondergli, mi sposta i capelli su una spalla e strofina il naso sul collo messo a nudo.

Quando finalmente riesco a ricompormi il tanto da dire qualcosa, sto quasi ansimando. "Ayden, che stai facendo?"

"Ti guardo mentre cucini".

Col suo petto premuto contro la schiena, riesco a muovere soltanto il braccio che mescola la carne.

"E volevo chiederti se ti servisse una mano", aggiunge, con una nota divertita nella voce.

La sua bocca trova il posticino perfetto sul collo e comincia a succhiarlo appena, passandoci sopra la lingua mentre mi tiene ferma. Col fiatone, cerco di contenere le reazioni del mio corpo… ma fallisco miseramente.

"Ehi, stai attenta, altrimenti rischi di bruciarti!" mi avverte, quando l'acqua comincia a bollire. Così, fa un passo indietro per darmi spazio e io allungo subito la mano per abbassare il fornello.

"Mi stai distraendo tu", ribatto, inspirando violentemente quando sento l'erezione che preme alla base della schiena.

"Allora cerca di concentrarti…" La sua voce provocante rieccheggia nell'aria, mentre fa scivolare una mano tra le mie cosce. Mi si mozza il fiato in gola quando comincia a strofinare il palmo contro i jeans, creando frizione.

"Ayden…" Faccio fatica a tenere gli occhi aperti. "Non ci riesco, se fai *questo*".

"Quindi mi fermo?" Ridacchia e poi tempesta il collo di baci delicati, aumentando la pressione sul clitoride. Sa benissimo quello che mi sta facendo.

"Ehm…" Per poco non lascio ricadere la testa sulla sua spalla.

"O vuoi che continui? Sei talmente bagnata che lo sento perfino dai pantaloni".

Oddio, che vergogna!

"Dimmi che cosa vuoi, Laney. Non faccio nulla, senza il tuo permesso".

Mi morsico il labbro mentre cerco di concentrarmi sulla carne per non cuocerla troppo. Le attenzioni di Ayden mi stanno eccitando talmente tanto che ho le vertigini mentre sbottono i pantaloncini e abbasso la zip.

"Toccami!" lo imploro, riuscendo in qualche modo a controllare il respiro. La carne è pronta e devo solo aggiungere le spezie, che però possono aspettare.

Ayden infila la mano sotto le mutandine e, con un grugnito, la fa scivolare sul mio sesso. "Porca troia, piccola! Sei fradicia".

"Ti conviene sbrigarti, prima che qualcuno ci interrompa", lo avverto.

La sua risata stupefatta vibra contro il mio orecchio. "Riesci a non fare troppo rumore?"

Oddio, lo spero.

Annuisco e allargo le gambe per dargli maggiore accesso.

Dopo aver bagnato le dita di umori, le infila nel canale. La sensazione è tanto violenta quanto deliziosa, e per poco non crollo sui fornelli. Mi passa l'altra mano attorno alla vita, per reggermi in piedi mentre continua a masturbarmi, e si spinge dentro di me sempre più veloce, sempre più forte.

"Cazzo, quanto sei stretta!

"È bellissimo".

Fa roteare il polso per arrivare ancora più a fondo, e io sussulto. Getto indietro la testa e mi premo al suo petto, reggendomi a lui per non cadere.

"Merda, mi manca pochissimo!" sussurro, e qualche secondo dopo comincio a tremare tutta, cercando di trattenere un urlo. Mi copre la bocca con la sua mentre gemo per il piacere.

"Non so che punto era quello, ma minchia, eccome se l'hai trovato!" gli dico, quando mi riprendo un poco.

Ridacchia piano e poi comincia a succhiare la pelle delicata tra il collo e la spalla.

Quando sfila la mano, sfiora il clitoride e io rabbrividisco.

"Non ho portato preservativi. Quindi, sappi che, se stanotte ti infili nel mio letto, ho tutte le intenzioni di venirti dentro. È solo un avvertimento, poi decidi tu cosa vuoi fare". Lo dice con voce profonda e poi si lecca le dita, facendomi l'occhiolino prima di andarsene.

Un attimo... *Che accidenti ha detto?*

Ho la mente annebbiata mentre finisco di preparare la cena e pure mentre mangiamo. Serena non la smette più di parlare e

Ayden approfitta della vicinanza per mettere una mano sotto il tavolo e stringermi la coscia.

Mi giro e vedo che sta guardando e ascoltando Serena, mentre però strofina le dita tra le mie gambe. Quando intrappolo la mano tra le cosce, mi scocca un sorrisetto malizioso e ci mette più pressione.

Dopo che abbiamo finito il dolce, ovvero dei biscotti gelato, mi rivolgo a Serena: "Stasera si fa il bagno. E, da quel faccino tutto sporco, direi che ne hai proprio bisogno".

Con una risatina, lecca via il gelato che le è finito sul braccio.

Ayden rimane in cucina a pulire, mentre io la accompagno in bagno. Sta già sbadigliando, il che significa che crollerà appena la metto a letto.

"Il tuo *taco* era delizioso", commenta Ayden, quando entro in cucina.

Sollevo le sopracciglia. "Mica ne hai mangiato solo uno".

"Oh, non parlavo del cibo. Ma sì, anche quelli erano molto saporiti".

"Ayden Carson, smettila di flirtare con me!" Arrossisco e gli passo accanto, per raggiungere il frigorifero.

Mi passa un braccio attorno alla vita e mi attira a sé per premermi al petto; poi affonda il viso tra i miei capelli. "Stai ancora provando a negare che lo vuoi anche tu?"

"Non l'ho mai detto", ribatto, perché lo voglio da morire.

"E allora perché ti trattieni così, piccola?"

Mi si forma un groppo alla gola quando quel nomignolo mi riporta alla nostra adolescenza, a come mi faceva sempre venire le farfalle nello stomaco. Era un qualcosa di speciale.

Come se fossi tutto il suo mondo.

"Tra qualche giorno te ne vai", gli ricordo, mentre solleva una mano e mi tocca il seno.

"Lo so. Ma non significa che non ci rivedremo più. Viaggeremo a turno".

"E per quanto credi possa andare avanti, prima che uno dei due si stufi? E come faremo, quando Serena ricomincerà la scuola?"

Ayden mi fa girare verso di sé, poi mi solleva il mento.

"Una risposta ancora non ce l'ho, ma sono disposto a tutto per vedervi il più possibile. E, nel frattempo, troveremo una soluzione".

Per quanto vorrei supplicarlo di restare, di dare una chance alla nostra famiglia qui in Texas, annuisco. So quanto ama il suo lavoro e che anche gli Hollis sono la sua famiglia.

"Prima mamma mi ha scritto che ha assunto una nuova manager. Dovrò seguirla nelle due settimane di formazione; dopodiché possiamo venire a trovarti".

"Davvero? È fantastico!" Sfodera un sorriso raggiante e poi china la testa per sfiorare la mia bocca con la sua. "Dovrei avvisarla che potrei tenervi per sempre lì con me".

Capitolo Tredici

Ayden

Sono le due del mattino e non riesco a dormire, perché è da ore che aspetto che Laney porti il suo bel culetto sexy qui dentro. *Non è che ho esagerato?* Ho provato a trattenermi e mantenere le distanze, ma quando ce l'ho intorno è un'impresa a dir poco impossibile. Laney è l'unica donna che abbia mai desiderato e, ogni volta che siamo insieme, non voglio fare altro che baciarla.

Assetato, infilo dei pantaloni e raggiungo la cucina in punta di piedi. Noto che la stanza è illuminata dalla luce del frigorifero, e trovo Laney poggiata al bancone con una tazza in mano.

"Non riesci a dormire?"

Sobbalza per lo spavento, facendo traboccare il liquido.

"Scusami". Con una risata, le passo un asciugamano.

Lo prende e si asciuga le mani. "Non sono abituata ad avere qualcun altro in casa".

"Che bevi?"

"Tè alla lavanda. Ne vuoi un po'?"

Arriccio il naso. "No, grazie. Va benissimo dell'acqua".

"Finché non lo provi, non puoi giudicare".

Riempio un bicchiere e bevo un lungo sorso. "Da quant'è che sei qui?"

"Un paio d'ore", ammette, timida. Le cade lo sguardo sul mio petto nudo e la sento deglutire con forza. "Stavo riflettendo su quanto potesse essere una buona idea infilarmi nel letto con te".

Lascio il bicchiere sul bancone, poi mi avvicino e mi fermo di fronte a lei. "Quali sono i pro e i contro? Magari trovo il modo per convincerti".

Incrocia il mio sguardo, con una risata. "Ecco che tiri di nuovo fuori il tuo fascino".

Sorrido e la stringo in un abbraccio, un abbraccio che sa di casa.

"Hai paura", annuncio. La sento annuire, quindi aggiungo: "Tornerò qui in Texas".

Resta lì a guardarmi a bocca aperta. "Cosa? Non dirai…"

"Dico sul serio". Le bacio la punta del naso. "Se sei preoccupata e angosciata perché viviamo a centinaia di chilometri di distanza, allora la soluzione è semplice: mi trasferirò qui da voi e troverò un altro lavoro".

Si lecca le labbra e poi mi stringe più forte. "Non so cosa dire".

"Che sei felice, magari?"

La sua risata riverbera nei nostri petti. "Felice è dir poco. Però spero che un giorno non proverai risentimento nei miei confronti".

Sollevo la testa e le poso una mano sul viso; poi col pollice le sfioro il labbro inferiore. "Laney Bennett, sembri aver dimenticato che sei l'amore della mia vita. La mia anima gemella. Il mio per sempre. Non ho mai smesso di amarti, dolcezza, e nulla di quello che potresti dire o fare cambierà mai quello che provo per te".

Mi passa le braccia attorno al collo e mi attira in un bacio. Ardenti e impazienti, le nostre labbra si muovono all'unisono mentre la sollevo e la poso sul bancone, per poi posizionarmi tra le sue gambe aperte.

Le mie mani vagano sul suo corpo, finché non solleva le braccia per aiutarmi a sfilarle la maglietta. Mi fermo un attimo ad ammirare il suo seno perfetto; poi porto la bocca a un capezzolo e lo succhio tra i denti. I suoi dolci gemiti riecheggiano intorno a noi, mentre poggia il peso sui gomiti per darmi più accesso.

Laney intreccia le dita ai miei capelli e mi tiene premuto al suo petto. Intanto sposto le attenzioni sull'altro capezzolo e succhio ancora più forte.

"Oddio, è bellissimo!" ansima pronunciando ogni singola parola, intanto che divarica le gambe.

Faccio scivolare la mano fino ai suoi pantaloni del pigiama e li abbasso con forza, insieme alle mutandine. In un attimo, cadono al suolo e lei rimane tutta nuda.

"Cazzo, Laney! Guarda che ben di Dio. Ti divoro tutta, piccola". Mi lecco le labbra e lei arrossisce per l'imbarazzo.

"Meglio non mettere in mezzo la religione, che dici?"

Ridacchiando, porto il viso tra le sue cosce e comincio a giocare con il clitoride turgido.

"Semplicemente, ho intenzione di venerarti come una dea". Mi passo una delle sue gambe sulla spalla e spingo le dita in profondità, strappandole un sussulto. È già bagnatissima e l'ho a malapena toccata.

"Adesso mi vieni in faccia e ti fai gustare per bene, dolcezza. Hai capito bene?" Soffio aria calda sul bocciolo.

"Non so se riesco a fare piano", ammette.

Vieni con me

La stanza di Serena è in fondo al corridoio; quindi dovrà impegnarsi.

Senza aggiungere un'altra parola, fondo la mia bocca col suo sesso e comincio a succhiare e leccare il clitoride, facendo scivolare la lingua sulle labbra umide. Affondo sempre più in profondità e sento che sta facendo una fatica immensa a contenersi.

"Porca troia, Ayden!" Le sue suppliche sussurrate mi riempiono di orgoglio, mentre la porto sempre più vicino all'apice. Mi stringe la testa tra le cosce mentre mi tira con forza i capelli, implorandomi di continuare.

Intanto che la divoro, lei si dimena sotto di me e ansima come una matta, cercando con tutta se stessa di non perdere il controllo.

"Ti manca poco. Adesso fai la brava e vieni sulla mia faccia". Le ficco il pollice in bocca perché non urli, e poi riporto le labbra sul clitoride.

"*Ay…den*", mormora, attorno al mio dito.

Le cosce cominciano a tremarle, e il resto del corpo si irrigidisce mentre inarca il bacino verso il mio viso. Con la lingua piatta sul suo sesso, la lecco meticolosamente per non perdermene neanche una goccia.

"Cristo santo!" grugnisco, mentre mi lecco le labbra e attiro a me Laney. "Sei dolce come il miele".

Ha ancora il fiatone quando la bacio sulle labbra.

"Tutto bene?"

"È stato l'orgasmo più intenso della mia vita", mormora. "Neanche il mio vibratore può reggere il confronto".

"Che dici se la prossima volta invitiamo anche lui? Potremmo divertirci molto".

"Credo sarebbe davvero troppo", ammette, le guance tinte

di rosso. "Ora è meglio se mi vesto. È stato rischioso, con Serena in casa".

Le passo i vestiti e noto con disappunto che, mentre li indossa, evita il mio sguardo. Quando ha finito, la metto all'angolo contro gli armadietti.

"Che succede?"

"Nulla. Sono stanca".

"Laney, parlami!"

"Sto bene, giuro. È solo che non me l'aspettavo. Tutto qui".

È normale che sia scombussolata; quindi non insisto. "D'accordo. Ti va di parlarne?"

"Ne parliamo domani".

Annuisco e la seguo in corridoio. "Beh, se cambi idea e vuoi fare due chiacchiere, sai dove trovarmi". Le stringo la mano.

Con un sorrisetto, sussurra: "Vedi di dormire. Serena vuole portarti a una lezione di pittura al Children's Museum, e inizia alle dieci".

"Del mattino? Accidenti". Ridacchio piano, perché mi sa proprio che riuscirò a dormire meno di cinque ore, prima che si svegli. Senza aspettare una sua risposta, la bacio dolcemente sulle labbra. "Sogni d'oro, tesoro".

Capitolo Quattordici

Laney

Cristo, ma che problema ho?

Subito dopo che Ayden mi ha procurato l'orgasmo più incredibile della mia vita, mi sono sentita attanagliare dal dubbio.

E se tra di noi non funzionasse? Se odiasse vivere qui?

E se si sentisse bloccato in Texas a causa mia e se ne andasse di nuovo, spezzandomi un'altra volta il cuore?

La sua dichiarazione d'amore ha reso tutto quanto molto reale. È quello che ho aspettato per anni, ma, adesso che quel momento è arrivato, l'angoscia mi sta consumando.

Avere Ayden qui con noi è un sogno diventato realtà, tutto ciò che ho sempre desiderato, ma ho il terrore che la mia inesperienza sessuale possa amplificare le mie insicurezze e le mie paure. Sono passati anni dall'ultima volta che sono andata a letto con un uomo e, prima di allora, c'era stato solo Ayden, il mio primo e unico amore fino al divorzio. Mia madre ha poi insistito perché mi *buttassi* e cercassi qualcuno, ma è stata un'esperienza terribile.

Mentre Ayden mi stava divorando sul bancone, dentro di

me sentivo che la nostra esperienza sessuale non è più quella di quando eravamo ragazzini. In quegli anni non riuscivamo a toglierci le mani di dosso, ma il nostro non era altro che un innocente amore adolescenziale. Non avevamo responsabilità o altre persone con cui fare paragoni. Adesso, però, sento di non aver mai provato nulla di più intimo dell'avere la sua testa tra le cosce, mentre fluttuavo verso il paradiso sospinta da un'onda orgasmica. Non mi aspettavo una reazione così violenta del mio corpo. Erano anni che non provavo più quel livello di intimità, e mi sono chiusa a riccio. Però non voglio dargli l'impressione che non sono attratta da lui o che non ricambio i suoi sentimenti. Devo soltanto mettere da parte le mie insicurezze e prendermi quello che voglio davvero.

Così, quando sento Ayden che apre l'acqua della doccia un'ora prima dell'orario stabilito per la nostra uscita, decido di *buttarmi*. Se ne va tra due giorni e, anche se mi ha già detto che si trasferirà qui, voglio dimostrargli che anche io desidero un futuro insieme.

Mi spoglio, faccio un respiro profondo e poi entro in bagno. Oltre la parete di vetro, il vapore cela quasi del tutto il suo corpo, ma la sagoma che intravedo è sufficiente a farmene ammirare la bellezza.

Quando apro la doccia, Ayden mi guarda sorpreso e poi fa scorrere lo sguardo sul mio corpo nudo. Senza esitare, lo seguo dentro e mi sposto sotto il getto di acqua calda; poi mi chiudo la porta alle spalle.

"Buongiorno", gli dico, con nonchalance.

Si passa una mano sul viso per rimuovere l'acqua dagli occhi e i capelli. "'Giorno", ricambia, con un sorrisetto.

"Non ti dispiace se sto qui con te, vero?"

"Oh, affatto". Sfodera un largo sorriso, lo sguardo fisso sul mio seno.

"Vuoi passare tutto il tempo a guardarmi o posso lavarmi anche io?"

Mi cinge la vita con le braccia e poi mi spinge contro la parete. "Oh, ho intenzione di fare molto più che guardarti, piccola".

Gli passo una mano sulla nuca e porto la sua bocca sulla mia, e il bacio si fa subito appassionato.

Poco dopo, però, si stacca bruscamente da me. "Aspetta. E Serena?"

"Mia mamma l'ha portata all'Arrow Café a prendere delle ciambelle. Poi ci troviamo direttamente al museo".

"Ottimo! Quindi stavolta puoi gridare quanto vuoi". Mi solleva e io gli passo le gambe attorno alla vita.

Le nostre bocche si trovano di nuovo, e un calore ardente mi infiamma tra le cosce quando sento l'erezione che pulsa contro di me. Sollevo il bacino e comincio a strofinarmi contro di lui, per fargli capire che cosa voglio.

"Ayden…" lo scongiuro, quando ancora non mi ha dato quello di cui ho bisogno.

Traccia una scia di baci lungo la curva del collo. "Ne sei sicura, Laney? Dicevo sul serio, non ho preservativi".

"Sì, sono sicurissima. Ti voglio".

Grugnisce contro il mio orecchio. "Dillo di nuovo".

Abbasso la mano, afferro l'asta e comincio a massaggiare. "Ti voglio, Ayden. Fottimi, *ti prego*".

"Che brava la mia piccola! Davvero *educata*!" Il sorrisetto malizioso sul suo viso mi fa impazzire, e non resisto più. Mi sollevo un poco e appoggio la punta del membro all'ingresso del canale.

"Prenditi quello che vuoi, piccola!"

Inarca un poco il bacino e, con una spinta, si spinge dentro di me. Sussulto violentemente e lo prendo fino in fondo, mentre mi stringe più forte. Ho il cuore a mille e, finalmente, mi sento di nuovo completa.

"Porca troia!" Preme la sua fronte sulla mia, e so che percepisce anche lui l'intensità di questo momento.

"Non sai quanto mi è mancato, Laney. Non sai quanto mi sei mancata tu". Avvolge una mano attorno al seno e lo stringe, trovando la mia bocca con la sua.

Mentre mi preme contro la parete col bacino, l'acqua scivola sui nostri corpi e ogni movimento ci lascia senza fiato.

Le parole appassionate di Ayden mi portano sempre più vicina al limite, e mi muovo come una furia per raggiungere quel piacere immenso che presto mi scuoterà tutta. Ayden riesce a farmi sentire desiderata, necessaria, *amata*. Non avevo mai provato nulla di così intenso in vita mia.

"Ti sei perso così tanto, per così tanto tempo", ansimo, reggendomi alle sue spalle quando aumenta il ritmo.

"Rimedierò, promesso". Le sue parole si imprimono profondamente nel mio cuore.

"Lo stai già facendo", lo rassicuro. "Il fatto che tu sia tornato significa più di quanto avrei mai potuto sognare".

"Non ti lascerò mai più. L'unica cosa che voglio è poter passare la vita insieme a te".

Mi sciolgo su di lui, lo attiro a me per un bacio e gli consegno il mio cuore. Ormai è suo… No, anzi, lo è sempre stato.

Lo sguardo di Ayden trova il mio mentre mi abbandono al piacere. Un attimo dopo, sposta la mano sul clitoride e aggiunge pressione finché non cado nell'abisso con un urlo e gemiti di puro godimento.

"Sto venendo. Lo tiro fuori?"

"No!" rispondo all'istante. "Ti voglio tutto".

Ayden impreca sottovoce, come se cercasse di trattenersi,

ma poi affonda il viso nel mio collo e si lascia sfuggire un gemito profondo.

"Cazzo, la tua fighetta stretta è magica!" Con un grugnito, si spinge ancora un paio di volte dentro di me.

"Ho il corpo di gelatina". Mi appoggio alle piastrelle della parete. "E devo ancora lavarmi i capelli".

La sua risata divertita risuona nella doccia. "Dai, ti aiuto io".

Lentamente, mi lascia andare e poi sciacqua i nostri corpi. Dopodiché, prende la saponetta e se la passa tra le mani callose, prima di insaponarmi. "Scusami, sono un po' troppo ruvide".

"Oh, fidati, non mi dispiace".

Sorride e lavora con cura su ogni centimetro del mio corpo.

"Senti, ti va di parlare di noi?" gli chiedo, nervosa. Per il momento, abbiamo soltanto deciso che assumerà il suo ruolo di padre.

"No, non c'è niente da dire".

Aggrotto la fronte, confusa dalle sue parole. "Oh".

Prende lo shampoo, poi lo massaggia sulla cute. Aspetto con ansia che finisca di sciacquare i capelli e poi che faccia la stessa cosa con il balsamo.

"Laney". Quando sento la sua voce profonda e ruvida, incrocio il suo sguardo. "Non c'è niente da dire perché non ti lascerò più andare. Mi trasferisco qui perché voglio che torniamo a essere una famiglia. Vengo qui non solo per fare da padre a Serena, ma anche per *noi*".

Un sorriso mi incurva le labbra. "Intendi… come mio *fidanzato*?"

Ayden si fa una risata divertita. "Sì, *per il momento* sì".

"O preferisci ti chiami *papà*?"

Mi prende il mento tra le dita e avvicina la sua bocca alla

mia. "Dolcezza, puoi chiamarmi come ti pare; basta che quando te lo ficco dentro urli il mio nome".

Mi sfugge un gemito e sento il mio sesso che comincia a pulsare di desiderio. "Senti, meglio se usciamo di qui, prima che ti chieda di nuovo di scoparmi".

Preme le sue labbra sulle mie e mi invade la bocca con la lingua, in un bacio appassionato. Poi fa scivolare le mani fino al sedere e mi dà uno sculaccione. "Ti scoperò ancora e ancora, mia dolce Laney. Ti inondo di sperma e poi ti scopo di nuovo. Questa volta, voglio vederti con il pancione".

"Ayden!" esclamo, sconvolta dalle sue parole zozze, ansimando per il bruciante desiderio di essere sua.

Mi passa le dita attorno alla gola per tenermi ferma, mentre con l'altra mano stuzzica un capezzolo. "Io ti avevo avvertita. Sapevi che non mi sarei fermato a un semplice assaggio".

"Non puoi dire che vuoi mettermi incinta come se niente fosse. È una cosa che va pianificata", gli dico; poi gemo al suo tocco sul seno.

"E perché? L'ultima volta non l'abbiamo pianificato".

Alzo gli occhi al cielo. "Ora è diverso".

"Ho promesso un fratellino a Serena, no?"

"Non è una giustificazione valida per avere un altro figlio!"

"No?" Fa scorrere le dita fino al clitoride. "Non mi sembravi tanto preoccupata, quando te l'ho ficcato dentro senza preservativo".

"Beh, certo, perché ero eccitata. Non stavo più ragionando".

Porta la bocca sul mio collo. "D'accordo, allora parliamone: vuoi avere un altro bambino?"

"Ayden, non puoi…" Le parole mi muoiono in gola quando comincia a succhiare il punto sensibile sotto l'orecchio. "Oddio, smettila! Non riesco a pensare, se fai così".

Vieni con me

"Allora non pensare!"

Il delizioso dolore tra le cosce ritorna e le stringo con forza. Appena nota il mio disagio, aumenta il ritmo. Sento l'erezione che preme sul basso ventre e, maledizione, lo voglio di nuovo dentro di me!

"Sì o no, dolcezza? Non abbiamo molto tempo".

"Vuoi davvero un altro figlio con me?" gli chiedo, con serietà. "Non pensare soltanto a *come si fanno* i bambini, ma anche alle poppate nel cuore della notte, i pannolini sporchi, le notti insonni… Per non parlare delle voglie da gravidanza, gli ormoni e lo stress di avere due figli. Ne sei proprio sicuro? Non è una passeggiata, te l'assicuro".

Mi prende il viso tra le mani e mi guarda negli occhi, lo sguardo intenso e sincero. "Con te, voglio *tutto quanto*: le salite e le discese; gli alti e i bassi; le cose belle e le cose brutte. Voglio essere qui con te per tutto il percorso. Che sia soltanto con voi due o con qualche altra aggiunta alla nostra famiglia, sono pronto. Sono qui. Voglio darti tutto ciò che hai mai desiderato".

"E voglio darti lo stesso anche io", mormoro.

Si è perso tantissimi anni della vita di Serena e ce la sta mettendo tutta per rimediare; quindi capisco perché gli piacerebbe avere un altro figlio.

"Se proprio devo essere sincera, anche io ne voglio un altro. Però non vorrei ritrovarmi a crescerlo da sola".

"Fosse per me, non alzeresti neanche un dito. Mi prenderò cura di te, costi quel che costi".

L'immagine di lui insieme al nostro bambino mi fa battere forte il cuore. Per anni, ero convinta che la mia vita non sarebbe mai cambiata. E invece, il destino mi ha mostrato che insieme a lui può diventare ancora più bella.

Con un largo sorriso, dico con convinzione, "Allora

facciamolo! Magari ci sei già riuscito, ma accada quello che accada".

Con un sorrisetto arrogante, spegne l'acqua e mi prende in braccio, per portarmi fuori dalla doccia.

"Che stai facendo? Oddio, vedi di non cadere!" Lo stringo forte mentre prende un telo.

Lasciandosi dietro una scia di gocce d'acqua, mi porta sul letto.

Mi molla sul materasso e torreggia su di me, reggendosi sopra il mio corpo. "No, fanculo l'*accada quello che accada*. Quando ho una missione, la completo a tutti i costi. Non mi piace lasciare le cose al caso".

"Allora ti conviene darti una mossa, *Casanova*. Tra poco dobbiamo uscire".

"Non preoccuparti". Mi fa l'occhiolino mentre mi allarga le cosce, per poi affondare dentro di me. "Non ho mai lasciato nessuna missione a metà".

Quando abbiamo finito di prepararci, dobbiamo praticamente fiondarci fuori casa per non arrivare tardi alla lezione. Per fortuna, mia madre ha già preparato un tavolo per tutti e quattro; quindi dobbiamo soltanto sederci e cominciare a dipingere. Ayden mi lancia qualche occhiatina ogni volta che solleva lo sguardo dalla tela. Io cerco di restare concentrata su quello che sto facendo, ma è impossibile. Riesco a pensare soltanto a quello che abbiamo appena fatto e alla possibilità che sia rimasta incinta. Quelle sue promesse sono la realizzazione di un sogno, ma ho comunque il timore che qui in Texas Ayden non possa essere felice. Abbandonare la sua casa, il suo lavoro e tutto quello che ha costruito negli ultimi dieci anni non è cosa da poco. È bellissimo sapere che vuole stare insieme a noi, come una vera famiglia, però non mi piace l'idea che si lasci alle spalle la sua vita.

Più ci rifletto e più mi chiedo se magari non siamo *io* e *Serena* ad aver bisogno di un nuovo inizio. In questa città ho tantissimi bei ricordi con Howie, ma è anche collegata al padre di Ayden e a tutti i suoi sotterfugi. Vivendo qui, saremmo a portata di mano del signor Carson e della sua manipolazione. Ayden ha lasciato tutto quanto per scappare dalla sua famiglia, e se tornasse qui per noi gli toccherebbe riavvicinarsi anche a suo padre.

Mia madre mi mancherà tantissimo e mi dispiace un mondo abbandonare il negozio, ma so che saranno entrambi in ottime mani. Formerò la nuova manager e, per qualsiasi problema, basterà farmi uno squillo.

Quando lasciamo il museo, la decisione è già stata presa. Prima, però, devo discuterne con Serena. È una scelta tanto mia quanto sua.

Se sarà d'accordo, ci trasferiamo in Tennessee.

Capitolo Quindici

Ayden

I due giorni seguenti a Beaumont sembrano essere volati, tra le diverse attività di famiglia e altre solo *per adulti*, e adesso sto facendo i bagagli per tornare a casa. Odio dover salutare le mie donne, ma so che ci rivedremo presto. Mi raggiungeranno al ranch tra un paio di settimane e mi aiuteranno con il trasloco. Appena arrivo, consegno a Garrett la lettera di dimissioni. Mi dispiace da morire deluderlo così, ma è un brav'uomo, consapevole che la famiglia viene prima di tutto il resto.

Ieri ho conosciuto Reagan e abbiamo parlato per ore, davanti a qualche birra e una grigliata. Sta soffrendo tantissimo, ma poter conoscere una persona così vicina ad Howie mi ha fatto molto piacere. Ho rivangato tantissime storie di quando eravamo giovani, mentre lui mi ha raccontato un po' della loro vita insieme. Prima che Howie morisse, stavano pensando di adottare un bambino, il che non fa che rendere la sua scomparsa ancora più straziante. Per fortuna ha potuto far parte della vita di Serena e ha trovato una persona che lo ha reso felice.

"Non posso venire con te adesso?" Serena mette il broncio,

seduta sul letto di Laney, e mi guarda mentre riempio il trolley.

"Devi aspettare che la tua mamma sia pronta, tesoro. Io durante il giorno lavoro, e non posso lasciarti a casa tutta sola".

"Ma no, ti aiuto a lavorare!"

"Wow, che idea grandiosa!"

"Davvero?" strilla, col viso che si illumina come il cielo durante lo spettacolo pirotecnico del quattro luglio.

"Certo! Ci svegliamo alle cinque per dare da mangiare ai cavalli, riempiamo gli abbeveratoi e poi li portiamo al pascolo. Quando loro sono fuori, spaliamo tutta la cacca e la buttiamo via su una carriola; poi mettiamo per terra dell'altra paglia prima di riportarli nei box".

"Ehi… mica posso fare così tanta roba".

"Certo che sì. Mallory lo fa tutti i giorni e ha solo un paio di anni in più di te".

"Ma lei vive in un ranch. Ci è abituata!" Mette di nuovo il broncio e non riesco a trattenere una sonora risata.

"Te lo insegno io. Così ti verranno delle braccia grosse come le mie".

"Stai provando a terrorizzare nostra figlia, per caso?" Laney entra nella stanza, con un sorrisetto stampato sul bellissimo volto.

"Le sto giusto dando un'idea di com'è la vita in un ranch col maneggio. C'è tanto lavoro da fare. Non è tutto rose e fiori".

"Ma sul sito c'è scritto di sì…" Mi guarda come fossi stupido.

Laney trattiene una risata. "Ha ragione, cowboy".

"Beh, visto che io devo lavorare, è meglio che aspetti di partire con la tua mamma. Così possiamo divertirci come dei matti".

Serena incrocia le braccia. "E va bene. Spero che il tempo passi veloce, allora".

Le tocco la punta del naso e la bacio sulla fronte. "Velocissimo".

Dopo quella doccia insieme, io e Laney abbiamo cominciato a dormire nello stesso letto e, anche se l'abbiamo fatto soltanto per due notti, sto già sviluppando una dipendenza. Lei e Serena mi mancheranno da morire. Le giornate cominciano sempre col piede giusto, quando le trovo in cucina mentre fanno colazione. Lo so che sarà diverso quando vivremo insieme e ognuno avrà i suoi impegni da sbrigare, ma è stato proprio bello poter andare a letto con la consapevolezza che il giorno dopo mi sarei svegliato insieme alla mia famiglia.

Tra me e Laney va tutto alla grande. Dopo che Serena andava a letto, facevamo l'amore e poi la stringevo a me, mentre parlavamo per ore. In queste ultime notti credo di aver dormito pochissimo, ma ne è valsa assolutamente la pena. Abbiamo parlato del futuro della nostra famiglia e di come cambierà la vita quando finalmente potremo stare uniti.

Non ho mai desiderato così tanto qualcosa in tutta la mia vita.

Chiudo la valigia e poi le informo che ho finito.

"Prima di andare, abbiamo una sorpresa per te", mi dice Laney con un largo sorriso, e poi rivolge un cenno del capo a Serena.

"Una sorpresa?" Sollevo un sopracciglio.

Serena mi prende per mano e mi porta in corridoio, con Laney che ci segue. Arrivati in soggiorno, Laney si mette di fronte a me.

"Sai, i piani sono cambiati. Non ti trasferirai qui", mi dice, e mi si ferma il cuore.

Sposto lo sguardo su Serena e poi lo riporto su di lei. Stanno sorridendo entrambe.

"Che vorrebbe dire?"

Laney apre la porta d'ingresso e Serena mi trascina fuori.

"Che sta…" Mi fermo quando vedo il cartello IN VENDITA in giardino. "Vendete la casa?"

"Ci trasferiamo in Tennessee!" urla Serena, e le guardo con assoluta incredulità.

"Abbiamo capito che abbiamo bisogno di ricominciare da capo per poterci lasciare alle spalle il passato; quindi vogliamo venire con te. Possiamo comprare una nuova casa e renderla nostra". Laney si morde nervosamente il labbro inferiore, e le poso una mano sulla guancia. "Che ne pensi?"

"Cosa… Eh? Com'è possibile?" Sbatto con forza le palpebre, senza riuscire a formare un pensiero coerente. "E il negozio? E la scuola? No, cioè, sarebbe bellissimo avervi con me a Sugarland Creek, sul serio. Ma avete già una vita qui. Perché questa decisione?"

"In ballo non c'era soltanto la mia felicità, ma anche la tua, e so quanto ami il tuo lavoro e gli Hollis. Ti sei offerto di tornare qui in Texas per noi, senza la benché minima esitazione. Giuro, non sai quanto mi abbia resa felice, ma ho dovuto tenere in considerazione tutto quello che eri pronto a sacrificare".

"E poi, lì ci sono i cavalli, e qui no", aggiunge Serena.

"Già, non è stato affatto difficile convincerla". Laney ride, e anche io.

Le stringo in un abbraccio, poi stampo un bacio sulla testa di Serena e uno sulle labbra di Laney. "Mi avete appena reso l'uomo più felice sulla faccia della Terra".

Saliamo in macchina e durante il viaggio verso l'aeroporto Laney mi spiega il loro piano.

Passeranno le prossime due settimane a fare i bagagli, poi prenderanno un aereo per il Tennessee mentre un camion porterà tutte le loro cose. Dopodiché, useremo i soldi della vendita come acconto per una nuova casa per tutti e tre.

"E se invece costruissimo la casa dei nostri sogni?" suggerisco.

"Mmh, sarebbe un po' più complicato. Dovremmo rivolgerci a un'azienda di credito edilizio e trovare un terreno edificabile, e non so se…"

"Acquisterò un lotto da Garrett. Me l'ha già proposto in passato, ma ai tempi non me ne facevo niente. Così, possiamo costruirla esattamente come vogliamo e aggiungere anche qualche camera da letto in più". Le faccio l'occhiolino e lei arrossisce all'istante, perché sa benissimo a cosa mi riferisco.

"È una bellissima idea!" Mi stringe la mano. "Sarà un problema se nel frattempo restiamo con te nel tuo appartamento?"

"Assolutamente no. Ci sono due camere, che per il momento sono più che sufficienti. E tra un paio di mesi, quando Serena comincerà la scuola, potrà prendere l'autobus con Mallory".

"Evviva!" strilla, alle nostre spalle.

"E come faccio per il lavoro? Secondo te, in paese ci sarà un posto che cerca dipendenti?" mi chiede Laney, nervosa. "Magari un negozio?"

"Ho proprio quello che fa per te". Le sorrido. "Questo autunno, Dena aprirà un gigantesco negozio di souvenir accanto al Lodge. Venderà una marea di roba: vestiti, tazze e bicchieri, portachiavi, magneti. Sai, tutta quella roba per cui vanno matti i turisti. Avrà bisogno di una mano per gestirlo. E, guarda caso, ho le connessioni giuste per farti avere un colloquio…"

"Dici sul serio? Oh, sarebbe fantastico lavorare proprio lì al ranch!"

"Serissimo. Così possiamo vederci per pranzo oppure posso passare da te a sbaciucchiarti quando voglio". Agito le sopracciglia, con fare allusivo.

"Che schifo!" Serena sbuffa e tutte e due scoppiano a ridere.

Due giorni fa, le abbiamo spiegato che adesso stiamo *insieme*. Volevamo capisse come cambierà il nostro rapporto e che, quando verranno al ranch, io e la mamma dormiremo nella stessa camera da letto. Quando Howie viveva con loro, usava la stanza che in seguito Laney ha trasformato nel suo studio, e loro due erano semplicemente coinquilini. Anche se erano sposati e tutti li vedevano come moglie e marito, Serena non poteva comprendere la situazione. Per fortuna, era ancora troppo piccola per rendersene conto. Per questo motivo, abbiamo voluto chiarire che i suoi genitori adesso sono una coppia vera, che si dimostrano affetto reciproco e che, si spera, un giorno si sposeranno.

Non ha mai vissuto un'esperienza simile. Infatti, quando ieri ci ha visti baciarci per la prima volta in cucina, ha finto di vomitare.

Adesso mi diverto un mondo a metterla a disagio.

"E aspetta quando chiederà da dove vengono i bambini'", sussurra Laney, dopo essersi avvicinata.

"Ehm… ancora non gliel'hai detto?"

"No. Non l'ha mai chiesto". Si stringe nelle spalle. "Immagino che prima o poi la curiosità avrà la meglio, o magari lo scoprirà direttamente a scuola".

La sua faccia mi strappa una risata, perché si vede che è disposta proprio a tutto pur di non farle *quel* discorsetto.

"Mallory l'ha saputo da Landen, perché l'ha bombardato di domande sulla riproduzione dei cavalli, e lui le ha spiegato tutto quanto per filo e per segno".

"Oddio…" mormora Laney, gli occhi sbarrati. "Preferisco dirglielo prima io, allora".

Mi giro e vedo che Serena è immersa nella lettura di un libro; quindi spero che non abbia sentito.

"Forse l'occasione giusta si presenterà tra un paio di mesi, quando le diremo che sei incinta", dico, a voce bassa.

"Ancora non possiamo saperlo. È troppo presto".

"I miei piccoletti sanno il fatto loro. Non preoccuparti".

Alza gli occhi al cielo, con un sorrisetto. Vorrei abbracciarla e dirle che la amo da impazzire, che la decisione di raggiungermi in Tennessee mi ha riempito il cuore di gioia e che non vedo l'ora di darle tutto ciò che abbia mai potuto desiderare.

La casa dei suoi sogni.

Un marito e un altro figlio.

La famigliola perfetta.

Le ho ripetuto più volte che è l'amore della mia vita, la mia anima gemella. Lei ancora non me l'ha detto, ma posso aspettare. Quando si sentirà pronta e al sicuro, sono certo che lo farà, perché le azioni parlano più delle parole.

Arrivati all'aeroporto, scendo dall'auto e prendo le valigie.

"Ci vediamo tra due settimane, ok?" Stringo forte Serena. "Fai da brava con la mamma".

"D'accordo. Possiamo vederci su FaceTime?"

"Certo, tesoro. Tutte le sere", le prometto. Dopodiché, la bacio sulla testa e dentro di me prego che queste due settimane passino in un baleno.

"Impazzirò senza vederti per così tanto tempo", dico a Laney, stringendola in un abbraccio mentre affondo il viso tra i suoi capelli, inspirando a pieni polmoni il dolce profumo dello shampoo al cocco.

"Abbiamo resistito per dieci anni", mi ricorda, premendosi a me. "Cosa vuoi che siano altre due settimane?"

"Cristo, lo spero. E poi ti voglio nel mio letto tutte le notti".

La bacio e faccio scivolare la lingua tra le sue labbra. Detesto doverle lasciare qui. "Ti amo".

"Sarò sempre lì con te". Mi sorride, e poso la mia fronte sulla sua. Poi, prima di prendere le valigie, la bacio ancora una volta.

"Scrivimi quando atterri". Si mette al volante e abbassa il finestrino. "O chiamami su FaceTime quando sei a casa".

"Entrambe le cose". Le faccio l'occhiolino e poi saluto Serena.

Mi incammino verso l'ingresso, emozionato e allo stesso tempo nervoso per questo nuovo capitolo della mia vita, ma non avrei potuto chiedere di meglio.

Ma poi due colpi di clacson riecheggiano nell'aria, facendomi fermare prima di attraversare le porte scorrevoli. Mi giro e ne sento altri due.

Ti. Amo.

Laney mi guarda dal parabrezza e mima con le labbra: "Ti amo anche io".

Non dovrei correre da lei e bloccare la fila che si è formata. E non dovrei assolutamente mollare le valigie nel bel mezzo del marciapiede.

Però è quello che faccio comunque.

Corro di nuovo alla macchina, infilo la testa nel finestrino e catturo la sua bocca. Laney mi prende il viso tra le mani e mi bacia con trasporto. Ha il viso rigato di lacrime, e io mi sposto giusto il tanto per riuscire ad asciugarle.

"Ti amo tantissimo, Laney Bennett. Ti ho sempre amata e ti amerò per sempre".

"Ti amo anche io. Da morire".

Cazzo, musica per le mie orecchie!

La testa di Serena appare tra i sedili, e ci guarda come fossimo matti.

"Amo anche te, piccoletta. Ci vediamo presto, ok?"

Dopo un ultimo bacio a Laney, mi sposto e torno dalle mie valigie.

Non vedo l'ora di parlare di tutti i nostri piani con Dena e Garrett. Pure con Noah e Mallory.

Ma, questa volta, Wilder deve stare al suo cazzo di posto.

Seduto al gate, faccio due calcoli per capire se posso davvero permettermi di ripagare mio padre. Dopo un po', però, ripenso a tutte le schifezze che ha fatto e mi rendo conto che non merita un centesimo. Tutti i segreti, gli scandali, il suo controllo su di me e la mia famiglia; il modo in cui ha sempre manipolato qualunque situazione per ottenere ciò che voleva. Più ci ragiono e meno ho intenzione di restituirgli i suoi soldi perché ci lasci in pace. Voglio *vendetta*. Voglio farlo soffrire al punto che non riuscirà mai più a risollevarsi. Userò quei soldi per assumere un avvocato e un team di sicurezza privato, e lo denuncerò al mondo. Non è l'unico ad avere le connessioni giuste. È quello che gli spetta per tutto il male che ha fatto alle persone che amo. Gabby merita giustizia e finalmente l'avrà.

La parte migliore?

Quel bastardo non se lo aspetta minimamente.

Mi crede un codardo, ma gli dimostrerò che il sangue dei Carson scorre anche nelle mie vene.

La gente ha paura di lui perché ha soldi e potere, ma non io.

Non più.

Capitolo Sedici

Laney

Sono passati dodici giorni da quando Ayden è tornato a casa sua, e mi manca da impazzire. Dato che passo le giornate a fare formazione e le sere a fare i bagagli, già alle nove sono esausta. Quando Serena non viene con me al negozio, rimane dalla signora Johnston, la nostra vicina, nonché la persona più pettegola della città. Così ora, grazie alla bocca larga di mia figlia e alla loquacità della signora Johnson, quasi tutti conoscono i fatti nostri. Non che me ne freghi poi più di tanto, visto che fra due giorni ci trasferiremo, ma hanno cominciato a girare anche delle voci sul signor Carson. Tra questo e il piano di Ayden, ho il terrore che possa spuntare di nuovo da un momento all'altro.

Mentre me ne sto comodamente sdraiata nella vasca, chiamo Ayden su FaceTime perché non sono riuscita a parlargli quando lui ha chiamato Serena. Anche se abbiamo chattato tutto il giorno, vederlo in faccia è tutta un'altra cosa.

"Ciao, amore mio". Risponde con un largo sorriso.

"Ehi". Sembra appena uscito dalla doccia. "Ti disturbo?"

"Ma scherzi? È tutto il giorno che aspetto di vedere il tuo viso. Che fai?"

"Rilasso i muscoli indolenziti nella vasca. Ho passato la giornata in piedi e dopo cena ho preparato altri scatoloni... Sono esausta, guarda".

Oggi è stato il mio ultimo giorno al negozio, dato che domani devo finire di fare i bagagli e poi martedì partiamo.

"Non sai quanto vorrei essere lì ad aiutarti, dolcezza. Che ne dici se assumo qualcuno per completare le ultime cose? Hai già abbastanza da fare".

"Non mi piace avere degli sconosciuti in casa quando non ci sono. E poi ho deciso di donare alcune cose; quindi devo farlo personalmente. Dai, un altro giorno e ho finito. Ce la faccio".

"D'accordo, ma ricorda che possiamo comprare quanto serve anche qui", mi rassicura. "Quindi porta solo il necessario. Il resto puoi darlo tutto via".

Una settimana fa, Ayden ha scoperto che l'offerta di Garrett di vendergli un lotto di terreno è ancora valida. Quando finirò di mettere via tutte le mie cose, mamma verrà ad aiutarmi con le pulizie e ad abbellire la casa per la vendita. Quei soldi potremo poi usarli per quella nuova.

"Ci sto provando", gli dico. "Serena ha già creato una bacheca su Pinterest con diverse idee per decorare e dipingere la sua nuova cameretta. Quindi lei sta portando via pochissimo".

Sono davvero contenta di vederla così tanto emozionata. Sarà un gran cambiamento per entrambe e, anche se ci stiamo lasciando alle spalle l'unico luogo che abbiamo mai conosciuto, ne vale assolutamente la pena perché così saremo tutti felici.

"Io so già che nel nostro bagno voglio una vasca enorme dove potremo stare entrambi".

"Ma davvero?" gli chiedo. "E sai anche cosa vuoi farci, in quella vasca?"

"Puoi scommetterci il tuo bel culetto. Che peccato non poter essere lì a prendermi cura di te!"

"Mmh… E cosa faresti, se fossi qui?"

"Mister Bullet ce l'hai lì?"

Con una risata, allungo la mano e lo prendo da sopra la pila di asciugamani. "Eccolo".

"Ottimo. Accendilo e fai quello che ti dico".

Inarco un sopracciglio, incuriosita da questo suo lato. Premo il bottone e il vibratore prende vita. "E adesso?"

"Allarga le gambe e mettilo sul clitoride".

Obbedisco e la sensazione mi strappa subito un grugnito.

"Immagina che sto giocando con le tue tette. Strizzo i capezzoli e li mordo tra le labbra".

"Mmh… sì…" Chiudo gli occhi.

"Com'è, piccola?"

"Bellissimo".

"Infila il vibratore nella tua fighetta stretta e usalo come fosse il mio cazzo".

"Cristo, così mi fai cadere il telefono!"

"Non ci provare! Devo vedere il tuo bellissimo faccino quando vieni. Su, fallo!"

La sua voce profonda e autoritaria non mi fa esitare un attimo. Il giochino scivola dentro con facilità e subito mi si blocca il fiato. Quando i muscoli si sono abituati alla sua presenza, ritraggo la mano e poi lo spingo di nuovo dentro.

"Brava la mia bambolina. Continua così. Ficcalo dentro con forza, veloce".

E così faccio, ancora e ancora. Aumento il ritmo e sento i muscoli che si stringono attorno al vibratore.

"Mi manca pochissimo", mormoro, gli occhi annebbiati mentre incrocio il suo sguardo sullo schermo.

"Adesso mettilo sul clitoride, piccola. So per venire guardando te".

Abbassa il telefono e mi fa vedere che si sta masturbando. Il piacere schizza alle stelle e, non appena noto una gocciolina di eccitazione che brilla sulla punta del membro, esplodo. Col corpo che trema dalla testa ai piedi per il godimento, pronuncio il suo nome gemendo.

"Cazzo…" Lo sento grugnire e apro gli occhi appena in tempo per vederlo mentre viene sul basso ventre.

Quando spengo il vibratore e lo metto via, affondo nell'acqua e guardo Ayden mentre si ripulisce.

"È stato troppo sexy". Sfodera un sorrisetto.

"Già. Non l'avevo mai fatto".

"Nemmeno io".

"Guardaci un po': sono passati dieci anni, ma riusciamo ancora ad avere le nostre prime volte insieme".

"Certo, perché per me ci sei sempre stata soltanto tu, tesoro. E vedrai cosa ti aspetta quando ti avrò qui. Ho intenzione di scoparti su qualunque superficie dell'appartamento. E, quando poi ci trasferiamo nella casa nuova, battezzeremo ogni angolino anche di quella".

Sorrido talmente tanto che mi fanno male le guance. "Sei assurdo".

Con un sorrisetto malizioso, replica: "Lo so, ma mi ami comunque".

"Hai proprio ragione".

Mentre finisco di fare il bagno, mi aggiorna rapidamente sull'investigatore privato che ha assunto. Ancora non so come andrà a finire, ma mi fido del suo buon senso. Sono pronta a sostenere qualunque sua decisione in merito. Era anche ora che suo padre venisse spinto giù dal piedistallo.

"Senti, prima di trasferirmi lì, c'è una cosa che voglio sapere", gli dico, dopo essermi messa il pigiama.

Aggrotta le ciglia. "Ovvero?"

"Cos'è successo tra te e Wilder".

Erompe in una risata e si mette a letto. "Vuoi proprio saperlo?"

"Sì, soprattutto se mi toccherà vederlo tutti i giorni. Preferisco conoscere la verità, piuttosto che farmi qualche idea strana".

"Giuro, non è nulla di che, anche se lui ne ha fatto un affare di stato. Da vero playboy, non sopporta che un altro uomo gli porti via le tipe che gli interessano. Ma, in quel caso, non ero neanche interessato. Gliel'ho soltanto fatto credere".

Batto le ciglia, più confusa di prima.

"Ok, comincia dall'inizio perché non c'ho capito nulla".

"Una sera, sono andato in un bar del paese insieme ad altri garzoni. C'erano una marea di turisti e tante ragazze single, e lui ci stava provando con queste due bionde. Erano ubriache marce, ma a lui bastava potersele portare a casa. Beh, una tipa del loro gruppo, decisamente più sobria, mi ha chiesto di accompagnare le altre due in albergo perché aveva paura potessero mettersi al volante. Dato che sono un gentiluomo e non volevo che Wilder si approfittasse di loro, ho accettato. Però, appena le ho caricate in macchina, mi hanno detto che non potevano tornare in hotel perché erano qui per un viaggio con la compagnia di danza e, se l'insegnante le avesse viste in quelle condizioni, le avrebbe cacciate".

"Oddio, e quanti anni avevano 'ste tipe?"

"Ventuno". Scuote la testa.

"Cavolo! Ok, continua…" Appoggio il telefono allo specchio e comincio con la skincare serale.

"Alla fine, ho deciso di portarle a casa mia e le ho lasciate nella camera degli ospiti. Nel frattempo, qualcuno ha detto a Wilder che le avevo portate a casa per andarci a letto".

"E non gli hai detto la verità?"

"No. Mi piaceva fargli credere che due ragazze l'avessero bidonato… per me. Quel cretino è un vero puttaniere; il suo ego aveva proprio bisogno di una bella batosta".

Con una risata, continuo a pulire il viso. "E cos'è successo quando vi siete rivisti?"

"Beh, fortuna vuole che, il mattino seguente, le ha viste uscire da casa mia e salire in macchina per farsi accompagnare in albergo. Quando l'ho notato, gli ho fatto qualche gestaccio e pure l'occhiolino. Poi, mentre gli passavo accanto, gli ho anche mostrato il dito medio".

Scuoto la testa mentre immagino la scena. "Ma che avete, sedici anni?"

"Ehi, Wilder è fatto così. O lo metti al suo posto e stai al gioco o ti calpesta con i suoi giganteschi stivali. E poi, non solo l'ho fatto infuriare, ma mi sono fatto anche una certa reputazione. Doppia vittoria, no?"

"Grandioso! Quindi adesso pensa che il mio ragazzo ha fatto una cosa a tre e proverà a portarmi a letto per vendicarsi".

"Esatto; ecco perché sarà ancora più incazzato quando scoprirà che stiamo insieme e abbiamo una figlia. Appena sentirà che sei tornata, ti starà addosso come la varicella".

"Accidenti! Meno male ho fatto il vaccino!"

Getta indietro la testa con una profonda risata gutturale. "Ecco perché mi sei mancata così tanto. Riesci sempre a dire qualcosa di buffo che mi tira su il morale".

"Sai cosa sarebbe ancora più divertente? Se mi lasciassi flirtare con lui, ma poi arrivi e mi baci".

"Oh, non sai quanto avrei voluto farlo la prima volta che ti ha messo gli occhi addosso. E la seconda, quando sono arrivato all'agriturismo e ci stava palesemente provando con te, volevo caricarti su una spalla e portarti via".

"Wow, che cavernicolo!" Alzo gli occhi al cielo, con una risatina. "Per l'imbarazzo, credo non mi sarei più fatta vedere in giro".

"E sarebbe stato un vero peccato, perché sei troppo bella per nasconderti".

"Oh, ma piantala!" ribatto, e lui scoppia a ridere guardando la maschera di fango che ho sul viso.

"Dico sul serio, sai. Serena ha preso tutto da te. E spero valga anche per il secondo".

"Ma, se sarà un maschietto, sarebbe bello fosse proprio come te".

"Affascinante e attraente, giusto?"

Ridacchio e spazzolo i capelli per fare una treccia. "Sì, ma anche un vero gentiluomo, dolce e premuroso".

"Sarebbe adorabile, con un cappello da cowboy in testa e gli stivali. E, da grande, diventerebbe un rubacuori".

Il pensiero di crescere un altro bambino insieme a lui mi strappa un sorriso. "Vedi di mettermi incinta il prima possibile, intesi?"

Rimane a bocca aperta. "Come, prego? Come sicuramente ricordi, mentre ero lì mi sono dato da fare. I miei piccoletti li ho messi dove dovevano andare. Adesso tocca alle tue parti femminili".

"Alle mie *parti femminili*? Sì, ecco perché a Serena il discorsetto glielo devo fare io. E magari la lezioncina te l'ascolti pure tu, che dici?"

La sua risata divertita riecheggia nella stanza. "Oh, il tuo corpo lo conosco molto bene. Potrei tracciare una mappa con la lingua e a occhi chiusi".

"Me lo dovrai dimostrare".

"E lo farò". Agita le sopracciglia, ma poi le aggrotta. "Merda! Mi sta chiamando Zane. Devo rispondere. Ti scrivo quand'ho finito".

"Ok", rispondo, e lui mette giù.

Ayden ha assunto una squadra di sicurezza, che rimane parcheggiata fuori dal negozio mentre lavoro e fuori casa nostra fino alle nove. Zane è un omone bello grosso, uno che non vorrei mettermi contro, ma sembra bravo nel suo lavoro. Ayden voleva proteggermi mentre siamo lontani e, se devo essere onesta, avere qualcuno a guardarmi le spalle mi ha aiutato a non preoccuparmi troppo per il signor Carson.

Sono esausta, quindi mi infilo a letto e chiudo gli occhi. Crollo ancora prima di ricevere la sua buonanotte.

Mi sveglio di soprassalto quando sento bussare con forza alla porta. Sbatto le palpebre per un po' e cerco il telefono. È passata soltanto mezz'ora dalla telefonata con Ayden, ma trovo diversi suoi messaggi e chiamate perse.

AYDEN

Vattene da quella casa. Non andare da tua madre.

AYDEN

Vi ho preso una stanza al Twins Hotel.

AYDEN

Quando arrivate, chiudi a chiave la porta e non aprire a nessuno.

AYDEN

Laney, fammi sapere quando leggi i messaggi! È urgente, piccola.

AYDEN

Sto mandando Zane da voi. Chiamami appena sei in macchina.

Che succede? Balzo giù dal letto e corro alla porta. Controllo dallo spioncino e vedo che fuori c'è Zane. "Che succede?" gli chiedo, dopo aver aperto.

"Il signor Carson ha saputo del mandato ed è scomparso. Deve andarsene, signora".

"Prima recupero mia figlia".

Merda, non ci voleva!

Zane annuisce e rimane in attesa mentre corro in camera di Serena. Dorme con un sasso e mi dispiace doverla svegliare.

"Serena, tesoro". La scuoto un poco e si sveglia di soprassalto. "Mi dispiace, amore, ma dobbiamo andare".

"Dove?"

"In un albergo. Ti spiego tutto dopo, ok?"

Annuisce e la prendo in braccio. Dopodiché, infilo le scarpe e prendo il telefono. Quando sono pronta, raggiungo Zane in cucina, che sta tenendo aperta la porta che dà accesso al garage.

Prendo le chiavi dalla borsa e poi me la lancio alle spalle.

Zane esce insieme a noi e chiude a chiave. Metto Serena sul sedile posteriore, le allaccio la cintura e mi metto al volante.

"Vi seguo in albergo per controllare sia sicuro; poi torno qui", mi dice Zane, mentre metto la cintura.

"Grazie, Zane".

Schiaccio il pulsante per aprire il garage, poi premo il contatto di Ayden sullo schermo e metto la retromarcia. Dopo due squilli, un'esplosione fa tremare l'auto e cominciano a fischiarmi le orecchie.

Un attimo dopo, vedo tutto bianco e poi… il nulla.

Capitolo Diciassette

Ayden

TRE GIORNI FA

"Sei pronto?" mi chiede Shane Braun, il mio avvocato, mentre chiude la busta che dovrebbe contenere tutte le prove sufficienti per spedire mio padre in prigione a scontare due ergastoli. "Una volta che la inviamo, non si può più tornare indietro".

"Sono prontissimo. Avrei dovuto farlo molto tempo fa", rispondo, impaziente che questi documenti raggiungano l'ufficio del giudice Carmichael.

Chiavette USB con telefonate registrate, video, biglietti aerei, i tabulati telefonici di Gabby, la sua cartella clinica e ancora molto altro stanno per essere consegnati da un corriere.

"Lo sai cosa succederà, quando la storia verrà fuori?"

Certo che lo so: finalmente mio padre la pagherà cara per aver abusato e ucciso Gabby.

Potrò vendicarmi per tutto il dolore che mi ha causato e per le minacce a Laney.

"Sì, signore".

Il giudice Boyd Carmichael è stato quello che ha aiutato mio padre dieci anni fa, con la storia dell'affidamento.

E, adesso, sarà in debito con me.

Gabby, ovvero l'amante diciassettenne di mio padre, era la figlia del giudice Carmichael.

Dopo tutti questi anni, merita di conoscere la verità sulla sua morte.

Io e Gabby eravamo sempre stati compagni di classe sin dall'asilo ed eravamo buoni amici. Dire che rimasi sconvolto quando scoprii che aveva una relazione con mio padre sarebbe un eufemismo. Però non so se l'avesse fatto per ribellarsi alle rigide regole di suo padre o perché quel pezzo di merda del mio l'aveva davvero sedotta. Il mio istinto mi dice che non è stato consensuale. Mio padre è un manipolatore e potrebbe benissimo averla ricattata con qualcosa o qualcuno. Probabilmente contava sul fatto che era la figlia di un uomo potente come lui, però non ne sono certo, perché lei non me l'ha mai detto.

Cominciai ad avere i miei sospetti quando vidi mio padre seduto nella macchina di Gabby, nel parcheggio della scuola. Perché diamine un uomo di mezz'età stava parlando con una ragazzina? Certo, non c'è nulla di illegale, ma non è di certo appropriato. In quell'occasione, scattai una fotografia per poterle chiedere una spiegazione. Avevo paura che le stesse facendo qualcosa, ma lei mi assicurò che si trattava solo di un progetto scolastico: doveva intervistare qualcuno nel campo professionale che le interessava. Mi disse che voleva entrare in politica e, per quanto volessi crederle, ero convinto che ci fosse dell'altro sotto.

Una settimana dopo, la vidi introdursi di nascosto in casa mia, di notte. Quando poi controllai i filmati di sicurezza, notai subito che la telecamera nell'ufficio di mio padre era stata opportunamente spenta. Era impossibile che si trovasse lì per scrivere il suo tema. I miei sospetti trovarono conferma quando sbirciai nella stanza e vidi Gabby piegata sulla sua scrivania. Aveva l'aria terrorizzata, mentre lui le copriva la bocca con la mano. Prima che potessi fiondarmi dentro e fermarlo, una delle guardie di mio padre mi afferrò per il braccio e prese a strattonarmi. Benché fosse il doppio di me, provai a liberarmi dalla sua presa, ma lui riuscì a farmi indietreggiare e poi si mise di fronte alla porta dell'ufficio, per impedirmi l'accesso.

Il giorno dopo, quando chiesi a Gabby se mio padre stesse abusando di lei o la stesse costringendo a fare qualcosa che non voleva, mi giurò che non era così. Tutte le volte che mi feci avanti e le offrii il mio aiuto, rispose sempre che il loro era un rapporto consenziente.

Col tempo, diventò sempre più distante e silenziosa, un guscio vuoto della Gabby di un tempo. Cominciai a notare dei lividi sulle sue braccia, ma, ogni volta che mi offrivo di accompagnarla all'ospedale o alla polizia, si arrabbiava e mi diceva di farmi i fatti miei.

Dopo aver vissuto per anni sotto il dominio di quell'uomo, riconoscevo tutti i segnali.

La mia amica *aveva* bisogno di aiuto, ma si vergognava ed era troppo spaventata: le stesse sensazioni che provavo io da quasi tutta la vita. Dentro di me, ero convinto che nessuno mi avrebbe creduto e che sarei stato ostracizzato.

Gabby non se lo meritava.

Mi servivano delle prove che lei potesse usare per difendersi, qualora si fosse sentita pronta a farsi avanti.

L'ultima cosa che desideravo era vederla soffrire o peggiorare la sua situazione, ma, se volevo provare la colpevolezza di mio padre per stupro di minore, mi serviva un filmato. Avevo già delle fotografie, ma non bastavano a dimostrare l'atto. Se Gabby non se la sentiva di parlare, allora dovevo raccogliere più prove possibili dei crimini di mio padre.

Più il tempo passava, e più mio diventava imprudente. Ormai si incontravano nel suo ufficio con le tende spalancate, nella sua macchina in pieno giorno o persino in camera da letto, quando mia madre non c'era.

Era come se volesse farsi beccare. Alla fine, mi semplificò il lavoro.

Caricai tutti i filmati e le fotografie su un sito di archiviazione online, a cui Howie aveva accesso. Era fondamentale che ci fosse almeno un'altra persona pronta a rilasciare tutto quanto, nel caso mi fosse accaduto qualcosa, però non volevo avere niente sul cellulare. Caricai soltanto il necessario, cancellando il resto.

Anche se a quei tempi avevo i miei motivi per non farmi avanti, vorrei tanto aver detto qualcosa. Ma non volevo umiliare la mia amica e poi, dato che mio padre era ancora sindaco, avevo paura delle ripercussioni che uno scandalo simile avrebbe avuto su noi due. Inoltre, sapevo che nessuno l'avrebbe mai condannato. Se la sarebbe cavata dicendo che era stata lei a prendere l'iniziativa oppure che il rapporto era consenziente. Sarebbe senz'altro finita con un patteggiamento. Essendo certo che non avrebbe esitato a ricattare il giudice, dubitavo fortemente che la giustizia avrebbe potuto trionfare. Nel peggiore dei casi, si sarebbe beccato un buffetto sulla nuca, e la mia vita sarebbe diventata un vero inferno perché l'avevo tradito.

Una volta rischiai molto grosso, quando fece irruzione nella mia stanza e mi ordinò di dargli il mio telefono.

Quando lo mandai a fare in culo, mi sbatté al muro e mi strinse per la gola, ordinandomi di nuovo che glielo consegnassi. Sentiva che ero in possesso di prove contro di lui, ma io non avevo alcuna intenzione di cedere. Cominciai a dimenarmi nella sua presa, lottando con tutte le mie forze. Non l'avevo mai visto tanto furioso in vita mia. Lo presi a calci, ma lui rimase impassibile. Le mie proteste non servirono ad altro che a fargli stringere la presa. Mentre lui continuava a gridare, mi si annebbiò la vista. Soltanto quando mia madre si fiondò nella stanza e gli spaccò un vaso di vetro sulla testa potei finalmente respirare di nuovo.

Quella fu la prima e unica volta in cui mi difese.

Dopo quanto era accaduto, mio padre iniziò a starmi alla larga, senza però mai perdermi di vista.

Io intanto continuavo a tenere d'occhio Gabby e a starle vicino come amico, per quanto mi permetteva. Ma poi, un giorno, mi rivelò di essere incinta.

La campagna elettorale di mio padre era incentrata sull'opposizione all'aborto. Ma, in questo caso, era più che pronto a rinunciare ai suoi principi. Non fidandosi di lei e non potendola accompagnare personalmente, la fece ricoverare in una clinica in Messico.

Prima del volo, Gabby mi diede tutte le prove che aveva accumulato lei stessa, nell'eventualità che le accadesse qualcosa. Sapeva fin troppo bene quanto fosse potente mio padre e di non aver via di scampo. Se fosse fuggita, i nostri padri non ci avrebbero messo manco ventiquattr'ore a ritrovarla. Mi promise che, dopo l'intervento, avrebbe chiuso con mio padre e sarebbe partita per l'università per non tornare mai più. Per quanto avrei voluto credere alle sue parole, al fatto che lui non l'avesse sfruttata contro il suo volere, dentro di me credevo che non mi avrebbe mai detto tutta la verità. Sapevo soltanto che doveva fuggire da quel posto.

Giurai anche io che me ne sarei andato, ma, a differenza

sua, per scappare da quell'inferno avrei dovuto abbandonare l'amore della mia vita.

Mio padre merita molto più dell'umiliazione e dell'ostracismo. Merita di essere punito per i suoi crimini e la morte di Gabby. Voglio che il mondo intero sappia che genere di depravato è veramente e quello che ha fatto alla figlia di un giudice. Un uomo spregevole come lui merita di non vedere mai più la luce del sole.

E, quando andranno a prenderlo per interrogarlo e arrestarlo, tutti i telegiornali del Texas sapranno nei minimi dettagli di cos'è stato accusato. Perché queste informazioni non le stiamo inviando soltanto al giudice. No. Quando sarà in custodia, manderemo i filmati e le registrazioni audio anche a tutti i notiziari dello stato.

Laney sapeva soltanto della tresca, ma non i dettagli della morte di Gabby. Quando mi disse di rivolgermi alle autorità, il senso di vergogna era troppo forte. La polizia venerava quell'uomo e mi avrebbero riso tutti in faccia.

Mi dispiace da morire che la mia amica sia morta prima che riuscissi a trovare il coraggio di raccontare al mondo quello che le ha fatto mio padre.

Quando ho parlato a Laney del mio piano per distruggerlo, le ho raccontato tutta quanta la storia. Howie era l'unica persona, oltre me, a conoscere la verità e ad avere accesso al mio account.

Quando Gabby tornò a casa dopo l'aborto forzato in Messico, si ammalò, ma si vergognava troppo per andare all'ospedale. La pregai in ginocchio, preoccupato che potesse trattarsi di un'infezione o di un'emorragia interna. Le aveva entrambe.

Durante l'autopsia, scoprirono che aveva fatto l'intervento, ma non esisteva alcun referto medico che lo confermasse. Non era rimasta alcuna prova che la legasse a mio padre, dato che lui usava un telefono usa e getta e non c'era alcun messaggio compromettente. Mio padre continuò a vivere spensierato, fingendo di non sapere nulla della morte di Gabby Carmichael, mentre io ho vissuto per anni nel terrore che mi avrebbe ammazzato, se avessi osato aprire bocca.

Un Giorno Fa

"Le mie fonti mi hanno detto che verrà emesso un mandato lunedì mattina", mi dice Shane, quando lo chiamo durante la pausa pomeridiana.

Lunedì, ovvero tra due giorni.

Laney e Serena partono il giorno seguente, e finalmente le mie donne saranno qui al sicuro con me.

"Grazie al cielo! Voglio vederlo in manette".

"Succederà presto, ne sono certo. Il giudice Carmichael vuole giustizia, soprattutto perché qualche mese fa è ricorso il decimo anniversario della morte di Gabby. Sta facendo pressioni sul procuratore distrettuale perché facciano le cose in grande. Gli daranno una punizione esemplare".

"Sì, cazzo!" È perfino meglio di quanto potessi sperare.

"Allora perché stanno aspettando lunedì? Non possono andargli subito contro?"

"Prima devono verificare che sia tutto in regola, ma, con delle prove così concrete, si stanno già muovendo alla velocità della luce; quindi dovresti esserne contento".

Sospiro profondamente. "Giusto, hai ragione".

"Lo vedrai molto presto in tenuta arancione". Ridacchia.

Abbiamo già parlato dell'eventualità che mi presenti come

testimone chiave. Se è quello che devo fare per assicurarmi che rimanga dietro le sbarre a vita, allora sono pronto a farlo.

"In realtà, preferirei vederlo sul tavolo di un obitorio", mormoro. "Sempre che non provi a trascinarmi a fondo con sé".

"I periti dimostreranno di fronte alla giuria che le prove sono valide", mi rassicura. "Sempre che si arrivi a quel punto. Non ho dubbi che la difesa ti torchierà con un controinterrogatorio. Potrebbe perfino dipingerti come il cattivo della situazione perché hai trattenuto tutte le prove per dieci anni. In questo caso, reagiremo e patteggeremo".

Quel ragazzino che dieci anni fa ha avuto troppa paura per fare la cosa giusta adesso non teme più l'ira di suo padre. Non permetterò che la memoria di Gabby venga macchiata o che la sua morte sia stata vana.

"Beh… conosco un giudice che mi deve un favore". Scrollo le spalle e Shane trattiene una risata.

Lo so che non sarà facile. Le cose potrebbero mettersi molto male, ma farò tutto il possibile per annientare mio padre.

Prima di chiudere la telefonata, gli raccomando di tenermi aggiornato e di continuare a vegliare sulle mie donne.

In seguito, prima di rimettermi al lavoro, scrivo a Laney.

AYDEN

Lunedì emettono il mandato!

LANEY

Oh, meno male! Finalmente potrò smetterla di indossare la maglietta che dice "Non metterti contro una mamma del sud" e di portarmi in giro lo spray al peperoncino rosa!

AYDEN

Ah ah. Molto divertente. Tienilo sempre a portata di mano.

Vieni con me

LANEY

Certo, stai tranquillo. Anche se non ne capisco il senso. Non sa nulla del mandato, quindi non vedo perché dovrebbe provare a farci del male. E non credo neanche che verrà a cercarmi al negozio. In fondo, il rosa non gli dona molto.

AYDEN

Con quella tua boccaccia, ti sei guadagnata un paio di sculacciate.

LANEY

Ooh... Me le posso GUADAGNARE? Dimmi di più.

Manda una GIF con degli occhioni che battono le ciglia, come a farmi intendere che lei è un'innocentina.

AYDEN

Aspetta e vedrai, donna! Tra tre giorni, quel culo è tutto mio.

Dopodiché, quella diavoletta mi manda una fotografia del seno.

E adesso mi toccherà darmi da fare per placare l'erezione.

PRESENTE

Tra meno di ventiquattr'ore, mio padre riceverà la sorpresa più inaspettata della sua vita.

Mi dispiace soltanto non essere lì ad assistere alla scena.

Dopo il lavoro ho parlato un po' con Serena, mentre Laney mi ha scritto che mi avrebbe chiamato su FaceTime dopo averla messa a letto. Sta lavorando senza sosta perché non mi ha permesso di assumere qualcuno che l'aiutasse. Dato che non posso essere lì con loro, a proteggerle ci sono Zane e la sua squadra. Sono tutti soldi ben spesi, perché altrimenti l'angoscia mi avrebbe consumato vivo. Con mio padre ancora a piede libero, preferisco che ci sia sempre qualcuno a tenerle d'occhio.

Quando finalmente vedo il viso di Laney e sento la sua voce, sorriso felice. È bellissima come sempre. Amo vederla nella vasca e dirle che cosa fare per raggiungere l'orgasmo. Sono davvero impaziente di averla qui con me e poterle finalmente chiedere di sposarmi. Non ho intenzione di perdere altro tempo, prima di farla mia moglie.

Durante la telefonata, ricevo una chiamata da Zane; quindi le dico che devo rispondere e che le scrivo più tardi. Tanto lo so che è esausta e ha bisogno di dormire.

"Ehi, che succede?"

"Qualcuno ha fatto trapelare i dettagli sul mandato a tuo padre".

"Stai scherzando? Com'è possibile?"

"Non so chi in particolare, ma è qualcuno del dipartimento. Ho mandato Oliver a casa sua e al suo ufficio per controllare se c'era la macchina, ma non l'ha vista".

"Quel pezzo di merda… Secondo te, è fuggito?"

"È possibile, ma ho paura che ti creda ancora qui".

"Sei da Laney?"

"Sì, sono parcheggiato fuori, ma sta diluviando. Non vedo praticamente nulla. Vuoi che entri?"

Col cuore a mille, penso a cosa fare. Prima di partire, ho aggiunto altre serrature alle porte e anche un sistema d'allarme, però non basterebbero comunque a fermare un uomo disperato.

"Se mio padre è in fuga e crede che sia ancora lì, potrebbe

ricorrere a metodi drastici per liberarsi di me". Non ne ho il benché minimo dubbio.

"Vuoi che chiami un agente?"

"Non c'è tempo. Adesso telefono a Laney e le dico di uscire. Tu resta lì e tieni d'occhio la zona. Nel frattempo, prenota una stanza al Twins Hotel".

"Ricevuto".

Metto giù e chiamo subito Laney. Squilla e squilla, finché non parte la segreteria. *Ma che cazzo?* L'ho salutata giusto cinque minuti fa.

Riprovo altre tre volte e poi le scrivo.

AYDEN

Vattene da quella casa. Non andare da tua madre.

AYDEN

Vi ho preso una stanza al Twins Hotel.

AYDEN

Quando arrivate, chiudi a chiave la porta e non aprire a nessuno.

Chiamo altre cinque volte e poi telefono a Zane.

"Vai a bussare. Dev'essere crollata dal sonno. Dille di prendere Serena e andarsene".

"Ricevuto".

AYDEN

Laney, fammi sapere quando leggi i messaggi! È urgente, piccola.

AYDEN

Sto mandando Zane da voi. Chiamami appena sei in macchina.

Riprovo altre due volte, ma poi Zane mi manda un aggiornamento.

ZANE

È andata a prendere Serena. La seguo fino all'albergo e controllo che sia al sicuro, poi torno a controllare la situazione.

Un'ondata di sollievo mi travolge.

AYDEN

Grazie.

Poi attendo con ansia che Laney mi telefoni.

Dopo quella che sembra un'eternità, finalmente il telefono squilla.

"Amore, stai…"

Un'esplosione riecheggia dal telefono e poi non sento più nulla.

È caduta la linea.

Capitolo Diciotto

Laney

Apro lentamente gli occhi, la testa che pulsa. L'incessante *bip* di un macchinario mi sta facendo impazzire, mentre sposto lo sguardo sulla stanza spoglia e lo poso sul manicotto per la pressione sanguigna che ho al braccio.

Odio tutto quanto.

"Signorina Bennett, si è svegliata". Una voce pacata riecheggia nella stanza, mentre un'infermiera entra spingendo un carrello con sopra un computer e si ferma accanto al lettino.

"Davvero? O sono finita all'altro mondo?" I raggi del sole che filtrano dalla finestra mi costringono a socchiudere gli occhi.

Mi rivolge un sorrisetto e scuote la testa. "Andrà tutto bene, non si preoccupi. E il suo fidanzato, mamma mia… Finalmente sono riuscita a mandarlo fuori a prendere una boccata d'aria".

"Ayden è qui?" Provo a muovermi, ma mi sfugge un gemito dolorante. "E Serena dov'è?"

"Costola rotta", mi dice, sistemando un cuscino attorno al fianco per sollevarlo. "Quel pasticcino invece sta benone. Adesso è con la nonna, in sala d'attesa. Starà raccontando a tutto lo staff della nuova vita che avrà al ranch e di tutti i cavalli che vuole. Ha già trovato ben sei nomi".

Devo trattenere una risata perché sento troppo dolore.

"Cos'è successo?"

"L'esplosione della bomba ha attivato l'airbag e l'impeto l'ha spinta contro il telaio della portiera. Aveva già messo la cintura, quindi l'airbag l'ha colpita dritta nel petto. Cielo, ha fatto il suo lavoro, ma, dato che la macchina era ferma, è stata lei ad assorbire tutto l'impatto. Sia ringraziato il cielo che non ne è uscita con una clavicola o la mandibola rotta! In quel caso, ci sarebbe stato bisogno di ricorrere a un intervento. Poteva andarle molto peggio, signorina Bennett. Una costola rotta e una commozione cerebrale sono cosa da poco, in questa situazione. L'esplosione ha fatto crollare il soffitto del garage. C'era il rischio che una costola perforasse un polmone e che il colpo le fratturasse il cranio. Ma dev'esserci stato un angelo custode che vegliava su di lei".

"No, cosa? Il garage è stato distrutto? E Zane?"

"La sua guardia del corpo?" mi chiede, e annuisco. "Mi dispiace tanto, ma non ce l'ha fatta".

Sbarro gli occhi per lo shock proprio quando la porta si spalanca e Ayden si fionda nella stanza. L'infermiera mi informa che tornerà tra poco e ci lascia soli.

"Porca troia! Grazie al cielo ti sei svegliata, amore!" Con una mano prende la mia, mentre posa l'altra sulla guancia. "Come ti senti?"

Confusa. Affranta. Spaventata.

Deglutisco con forza, la gola secca e irritata. "Serena come sta?"

"Sta bene, tesoro mio. La nostra piccola guerriera non si è fatta neanche un graffio". Ayden mi accarezza col pollice e poi sposta una ciocca di capelli dietro l'orecchio. "L'avevi legata sul sedile posteriore; quindi era al sicuro".

Ricordo di aver abbassato il finestrino per parlare con Zane, e poi… *Boom!*

"L'infermiera mi ha detto che Zane non ce l'ha fatta, è vero?" Morsico il labbro inferiore.

Ayden annuisce tristemente, abbassando lo sguardo. "Un pezzo di soffitto gli è crollato sul petto. I polmoni sono collassati e l'impatto gli ha fatto perdere conoscenza. Quando è arrivata l'ambulanza, aveva già smesso di respirare. Hanno provato a salvarlo per una mezz'ora buona, ma era troppo tardi".

Lacrime amare mi riempiono gli occhi e mi scorrono lungo il viso. Non posso credere che sia morto davvero.

"Quando è successo?" gli chiedo, non sapendo neanche da quant'è che sono qui.

Con molta cautela, Ayden si siede accanto a me sul materasso. "Due giorni fa. Gli antidolorifici ti hanno messa k.o. finché tenevano sotto osservazione la commozione cerebrale. Stamattina hanno constatato che il gonfiore si è ridotto; così hanno diminuito la dose di farmaci per farti svegliare".

"E tu sai cos'è successo? C'era una bomba?"

Col suo aiuto, riesco a sedermi e faccio un bel respiro profondo. Mi gira la testa, ma non soltanto per la botta.

"Le indagini sono ancora in corso, ma pare che fosse stata piazzata in soggiorno. Probabilmente il responsabile era abbastanza vicino e ha visto che c'era anche Zane; quindi l'ha attivata quando stavate per uscire".

"Tuo padre…"

"Ha due mandati d'arresto. Uno per il caso di Gabby e l'altro per sospetto coinvolgimento nell'esplosione. Alcune telecamere l'hanno ripreso in un negozio di bricolage quattro giorni fa". Quindi venerdì.

"E poi hanno perso le sue tracce?"

"Esatto, il giorno dopo che il giudice Carmichael ha ricevuto i documenti che gli abbiamo inviato".

"Qualcuno gli ha fatto una soffiata", mormoro.

"Così pare. Boyd è furioso. Il dipartimento di polizia ha emesso un avviso di ricerca. Lo troveranno presto, vedrai".

"E come faranno a collegarlo alla bomba?"

"Tu non ti preoccupare, tesoro. Hanno i loro metodi".

Come fa ad essere così sereno, con suo padre ancora a piede libero?

"C'è qualcosa che non mi stai dicendo, vero?"

Prima che possa rispondermi, Serena corre nella stanza, seguita da mia madre. "Mamma!"

Ayden si sposta perché possa venire ad abbracciarmi. "Fai piano, piccoletta!" le dice.

Serena si appiccica a me il più possibile, e io le stampo un bacio sulla guancia. Chiacchieriamo per un po', finché l'infermiera non torna a controllare i miei parametri. Intanto Ayden ci osserva. Dentro di me, so che mi sta nascondendo qualcosa.

Quando mia madre porta Serena a casa e rimaniamo di nuovo soli, Ayden si siede accanto a me con una scodella di zuppa. Ha insistito per imboccarmi e, dato che non riesco a sollevare il braccio, l'ho lasciato fare.

"Com'è?"

"Insipida", rispondo onestamente.

"Beh, vedi di non mangiarne troppa, che poi c'è la gelatina di frutta". Il suo tono sarcastico mi strappa quasi una risata.

Finisco l'insulsa cena; poi Ayden si mette d'impegno per sistemare i cuscini finché non gli dico che sono comoda. In realtà le costole mi fanno un male cane. Ma so che non ci si può fare niente.

Solleva la coperta e mi sfila le calze. "Vuoi un massaggio ai piedi?"

"Volentieri. E, nel frattempo, puoi raccontarmi tutta la verità".

Solleva un sopracciglio, mentre preme il pollice sotto la pianta del piede. "Di che parli?"

"L'esplosione c'è stata due giorni fa, ma non mi pari minimamente preoccupato dal fatto che l'uomo che mi ha mandata qui e ha ucciso Zane è ancora lì fuori da qualche parte".

Abbassa lo sguardo, senza dire nulla.

"Dov'è finita la squadra di sicurezza? C'è qualcuno a controllare mia madre e Serena? C'è una guardia fuori dalla mia stanza?"

"No".

"Ayden Carson, giuro che…"

"È morto", dichiara, interrompendomi, e ci rimango di sasso. "Tesoro mio, è morto e non potrà mai più farci del male".

Capitolo Diciannove

Ayden

DUE GIORNI FA

Appena la telefonata di Laney si chiude di colpo, provo ancora e ancora a richiamare, ma ogni volta parte subito la segreteria. Stessa storia per il telefono di Zane.

Porca troia, ho un brutto presentimento!

Decido allora di contattare Oliver. Sta cercando mio padre; quindi non può essere troppo lontano.

"Ehi, ho controllato…" comincia appena risponde, ma lo interrompo subito.

"Vai da Laney. C'è stata un'esplosione e non riesco a contattarli".

"Merda! Ci vado subito". Lo stridio delle gomme riecheggia dal telefono.

"Faccio subito i bagagli e salgo sul primo volo per Houston. Non so cosa sia successo, ma è senz'altro opera di mio padre. Se lo trovi, bloccalo e aspettami. Intesi?"

"Sì, signore".

"Scrivimi e tienimi aggiornato sulla situazione. Ti faccio sapere quando sono in viaggio".

"Certo, signore".

Dopo la telefonata, mi fiondo all'aeroporto e, durante il tragitto, mando un messaggio a Garrett.

Per tre ore di fila, non riesco a placare il martellio del mio cuore. L'ora che impiego a salire sull'aereo e le due di volo sono un incubo. Appena atterro a Houston, trovo dei messaggi di Oliver in cui mi informa che Laney e Serena sono state portate all'ospedale. In viaggio verso Beaumont, decido di chiamarlo.

"Zane non ce l'ha fatta", mi dice, mentre mi fiondo all'ospedale.

Mi si chiude lo stomaco. "Cazzo! Mi dispiace da morire".

"Ho trovato suo padre. Era nel cortile sul retro. Sicuramente è rimasto troppo vicino alla casa durante l'esplosione, che l'ha messo al tappeto".

"È vivo?" gli chiedo.

"Beh, c'è ancora polso. Gli ho spaccato il naso e gliele ho date di santa ragione per aver ucciso il mio amico. Che cosa ne faccio di lui?"

"Tienilo lì con te, per il momento. Faccio un paio di telefonate e poi ti faccio sapere".

"D'accordo". Riattacca.

Dopodiché, chiamo il mio avvocato per aggiornarlo sulla situazione.

"Ho saputo. In città hanno già cominciato a circolare voci. Sospetto sia opera di tuo padre".

"Esatto. Lo sta tenendo in custodia Oliver. Vorrei consegnarlo personalmente al giudice Carmichael e lasciare che decida cosa farne di lui. Secondo te, è fattibile?"

Segue un momento di silenzio; poi si schiarisce la gola. "Sono quasi le quattro del mattino".

"Scommetto quello che vuoi che è ancora sveglio", dico piattamente. È impossibile che stia dormendo, con un assassino in circolazione dopo l'esplosione.

Sbuffa. "D'accordo, dammi qualche minuto".

Dovrei dire a Oliver di consegnare mio padre alla polizia, ma qualcosa mi dice che a Boyd non dispiacerebbe affatto occuparsi personalmente di lui. È un uomo *scomparso*; quindi il suo destino è tutto nelle mani del giudice.

Appena arrivo all'ospedale, mi fiondo dentro e trovo Serena e sua nonna nella sala d'attesa. Prima di arrivare all'aeroporto, ho chiamato la signora Bennett per metterla al corrente. È stata la prima a raggiungere la scena dopo che Serena è stata estratta dall'auto. Hanno l'aria esausta.

"Papà!"

"Oh, grazie a Dio!" Stringo la mia bambina in un forte abbraccio. "Stai bene?" Mi inginocchio e la faccio roteare, per controllare se si è fatta qualcosa.

"Sì, sto bene". Allunga le braccia per mostrarmele.

"Meno male. Dov'è la mamma?" le chiedo.

"Sta riposando", risponde la signora Bennett, avvicinandosi. "È un po' ammaccata, ma mia figlia è una guerriera".

"Posso vederla?"

"Ho informato l'infermiera che al tuo arrivo l'avresti chiesto, e ti concede qualche minuto".

Bacio Serena sulla testa. "Torno subito, tesoro".

"Ha una commozione cerebrale e l'abbiamo imbottita di antidolorifici; quindi dormirà per un bel po'", mi dice l'infermiera che mi sta accompagnando alla stanza di Laney. "Ha preso qualche botta, ma dovrebbe riprendersi in giusto un paio di mesi. Le costole rotte guariscono da sole, col riposo e l'inattività".

Merda! Scuoto la testa, furioso.

L'infermiera mi posa una mano sul braccio. "Poteva andare molto peggio. Qualcuno ha vegliato su di loro".

Howie.

"Grazie", sussurro.

Con un cenno del capo, ci lascia soli.

Prendo la mano di Laney e bacio le nocche, poi le premo le labbra sulla fronte. "Ti amo, tesoro mio".

Dopo qualche minuto, l'infermiera ritorna e mi dice che posso tornare durante l'orario di visita. Le lascio il mio numero e le chiedo di chiamarmi, se dovessero esserci sviluppi o se si svegliasse.

"Dovreste andare a dormire", dico alla madre di Laney.

"E tu invece, papà?" mi chiede Serena.

"Io resto nella sala d'attesa per i familiari, finché non comincia l'orario di visita. Tanto non riuscirò comunque a chiudere occhio".

"Quando torniamo, ti porto qualcosa da mangiare", afferma la signora Bennett.

"Grazie".

Abbraccio ancora una volta Serena e, prima che se ne vadano, le do un bacio.

Di nuovo solo, chiamo l'avvocato.

"Boyd vuole che lo portiamo a casa sua", mi dice Shane. "Sei sicuro di volerlo fare?"

"Sicurissimo".

Oliver passa a prendermi all'ospedale e raggiungiamo casa del giudice Carmichael, fuori da Beaumont, con mio padre svenuto nel bagagliaio dell'auto.

"È ancora vivo?" chiedo a Oliver, mentre guida.

"L'ultima volta che ho controllato, lo era", risponde secco, la presa salda sul volante.

"Mi dispiace per Zane", ripeto. "Era un brav'uomo".

Annuisce, ma non dice niente.

Quando raggiungiamo la villa del giudice, veniamo accolti da un silenzio e una pace sinistri. Il vialetto è costeggiato da alberi; le foglie si agitano lente nell'oscurità.

"Questo posto mette i brividi", mormora Oliver. "Come se il terreno fosse disseminato di cadaveri".

Trattengo una risata. "Beh, se ancora non ce n'è nessuno, ho come il presentimento che presto ce ne sarà uno".

Boyd ci attende sulla veranda. Indossa dei jeans e una giacca nera, con guanti scuri sulle mani. Scendiamo dall'auto e ci spostiamo insieme davanti al bagagliaio.

"Fatemi vedere", dice, il tono profondo.

Oliver lo apre e io poso lo sguardo sull'uomo che mi ha portato in questo mondo, ricoperto del suo stesso sangue: una scena penosa e patetica.

"Tu non sei mai stato qui, Ayden. Chiaro?" mi chiede il giudice Carmichael.

"Cristallino".

Con un cenno del capo, sposta lo sguardo su Oliver. "Lascialo per terra. Al resto ci penso io".

Oliver obbedisce e lo solleva dal bagagliaio, per poi lasciarlo letteralmente cadere sul cemento. All'impatto, mio padre grugnisce.

"Argh. Howie".

"Che cazzo ha detto?" chiedo.

Oliver si stringe nelle spalle.

"Ripetilo", gli ordino, inginocchiandomi vicino al suo viso.

Con uno sforzo incredibile, fa un respiro e ripete quello che ha detto: "Perlomeno… mi sono occupato di… *Howie*".

Il sangue mi ribolle nelle vene quando pronuncia il nome del mio migliore amico e metabolizzo le sue parole.

"L'hai fatto ammazzare tu", mormoro, deglutendo con forza. Dirlo a voce alta farebbe un male cane.

Mio padre fatica a tenere gli occhi aperti, ma non risponde.

"*Perché*?" urlo, pretendendo una risposta. Quando scuote la testa, mi alzo e gli do un calcio alle costole.

È la prima volta che gli metto le mani addosso. E, cazzo, è molto più soddisfacente di quanto potessi immaginare.

"Brucia all'inferno!" sibilo; poi sputo sul suo fragile corpo.

Oliver mi tira via, per assicurarsi che non mi spinga troppo oltre.

"Te ne devo una", commenta Boyd. "Che rimanga tra noi, ovviamente".

"No, signore. È il *contrario*". Lancio un'ultima occhiata all'uomo che mi ha rovinato la vita.

"È ora di andare", dice Oliver, chiudendo con forza il bagagliaio.

Vado verso il posto del passeggero. "Sì, andiamocene".

Capitolo Venti

Ayden

DUE SETTIMANE DOPO

Le parole di mio padre hanno continuato a ossessionarmi, facendomi sentire sempre più frustrato. Solo quando Laney mi ha fatto presente che Howie era diventato un paralegale e lavorava per un altro studio legale della città, ho cominciato a unire i tasselli del puzzle: è molto probabile che negli anni si siano incrociati numerose volte. Howie deve aver detto o fatto qualcosa che ha indotto mio padre a credere che avesse delle prove su quello che era successo a Gabby. Altrimenti non capisco perché avrebbe dovuto vederlo come una minaccia. E, se fosse andata davvero così, vorrebbe dire che mio padre era un mostro persino più crudele di quanto pensassi, e non mi pentirò mai di averlo consegnato al giudice Carmichael.

Avrei preferito non rivelare tutti i dettagli a Laney, ma mi ha implorato e non ho potuto mentirle. In realtà avevo paura che non approvasse la mia decisione o che mi costringesse a parlarne con la polizia, ma non è andata così. Anzi, ha detto che quella scelta spettava soltanto a me e che la sosteneva. Sapevo che meritava di conoscere la verità, per poter finalmente vivere senza alcun timore.

Casa di Laney è inagibile e quindi invendibile. Abbiamo assunto un avvocato perché l'assicurazione le ripaghi almeno i danni. Tutto quello che era rimasto all'interno dovrà essere sostituito, ma tanto lei e Serena avevano bisogno soltanto dello stretto indispensabile, visto che adesso vivono con me in Tennessee.

Laney deve restare ancora a riposo, ma glielo leggo in faccia che non ne può più. Crede di sentirsi meglio, ma poco dopo comincia a lamentarsi del dolore. Non è abituata ad aver qualcuno che si prenda cura di lei, però, adesso che sono di nuovo nella sua vita, cambierà tutto.

Garrett mi ha dato un permesso dal lavoro, ma mi presento comunque la mattina presto per dar da mangiare ai cavalli; poi torno prima di mezzogiorno per preparare il brunch alle mie donne.

Pur non avendo i soldi della vendita di casa di Laney, perfino dopo aver pagato la squadra di sicurezza e l'avvocato ho comunque molti risparmi da parte. Così, Laney, mentre riposa, può passare il tempo a cercare qualche bella idea per la casa nuova.

Siamo ad agosto e Serena ricomincerà la scuola tra giusto un paio di settimane. Mallory l'ha presa sotto la sua ala e le ha mostrato tutto quello che il ranch ha da offrire. Sono sicuro che in questo posto potrà sbocciare davvero, e non vedo l'ora di guardarla crescere. Passa tutte le giornate in sua compagnia e torna soltanto quando ha fame o è stanca.

"Laney, vado a prendere la posta dagli Hollis. Vuoi che ti porti un dolce?" le chiedo, mentre prendo le chiavi del pick-up.

"Ooh, sì! Guarda un po' se ci sono quelle barrette di

brownie al burro di arachidi dell'altro giorno. Altrimenti, vanno bene anche quelle alla cheesecake di lamponi. Oh, e poi…"

"Senti, vuoi venire con me?" Le rivolgo un sorrisino.

Alza gli occhi al cielo. "Cos'è, finalmente mi permetti di vedere la luce del sole?"

Mi chino, passo le mani sotto le sue ginocchia e la sollevo dal divano. "Le boccacce impertinenti meritano sculacciate; quindi bada a come parli!"

"Non lo faresti mai".

"Oh, e invece sì. Sto tenendo il conto a mente, e appena sarai guarita del tutto… Beh, diciamo solo che non riuscirai a camminare per un mese intero".

"Non me lo fai fare comunque", ribatte.

"Perché sei troppo imbranata. Non voglio che ti spezzi un'altra costola". L'ultima volta che è scesa dal pick-up, è inciampata sul marciapiede e ha quasi piantato la faccia per terra. Se non l'avessi presa al volo, avrebbe aggiunto alla lista di infortuni anche un occhio nero e dei graffi sul viso.

Laney mi passa le braccia sulle spalle e si regge forte. "Sai, secondo me, fai così perché ti piace troppo prenderti cura di me".

Chino la testa e la bacio. "E lo farò fino alla fine dei miei giorni".

Quando arriviamo dagli Hollis, ovviamente la lascio entrare in casa sulle sue gambe. Come al solito, Dena è in cucina con nonna Grace, e i loro volti si illuminano appena ci vedono.

"Ehilà, giovani! Accomodatevi pure. Sto giusto servendo il pranzo", ci dice Dena, un largo sorriso sulle labbra.

Anche se non è per questo che siamo venuti, so che Laney ha molta fame. Appena ci mettiamo a tavola, Dena mi lascia la posta dell'ultima settimana. Mentre parliamo di Serena, controllo le buste finché non ne trovo una indirizzata a me, da *mia* madre.

Mia madre, la donna che non vedo da più di dieci anni, perché, quando sono tornato, non si è fatta viva. Non sapevo neanche se fosse viva o morta, onestamente.

Spinto dalla curiosità, apro la busta mentre Dena ci versa del tè freddo. Un attimo dopo, arrivano Wilder e Waylon a rovinare l'atmosfera serena e pacifica.

"Ma salve, signorina Laney. Anche quest'oggi sei un vero spettacolo per gli occhi", commenta Wilder, sedendosi accanto a lei. Non ha preso molto bene il fatto che siamo una coppia, ma lo lascio flirtare quanto vuole perché so che l'amore della mia vita ha occhi soltanto per me.

"Cielo, e tu diventi più affascinante ogni giorno che passa", lo adula Laney, e lui pende dalle sue labbra.

Alzo gli occhi al cielo mentre apro la lettera, però poi noto un assegno che cade sul tavolo.

Lo raccolgo e leggo il mio nome con accanto scritto cinquecentomila dollari.

Ma che cazzo?

"Che cos'è?" mi chiede Laney.

"Una lettera di mia madre, con un assegno…" Sono troppo sconvolto per leggere le parole sul foglio.

"Da *tua* madre? Wow!" È tanto sorpresa quanto me. "Cosa dice?"

Sbatto con forza gli occhi per riprendermi e leggo la lettera scritta a mano.

Caro Ayden,

Io so che non ci crederai mai, ma te lo dico comunque: ti amo, figlio mio. Ti ho sempre amato. Anche se non te l'ho mai dimostrato. La mia vita non è mai stata mia e non sai quanto sia contenta che tu abbia trovato la forza di andartene, perché non meritavi tutto il male che tuo padre ti ha fatto. Mi dispiace averti portato in un mondo che ha fatto di tutto per distruggerti. Spero che tu, Laney e Serena adesso siate al sicuro. La "scomparsa" di tuo padre è stata una benedizione. Lo so che devo ringraziare te, anche se sicuramente non vuoi più avere nulla a che fare con me. Non esistono giustificazioni per come mi sono comportata. Non sai quanto vorrei avere avuto il coraggio di lasciarlo e portarti via con me prima che le cose degenerassero.

Però il passato è passato e non posso più cambiarlo, ma posso darti qualcosa per il tuo futuro. Passerà molto tempo prima che dichiarino morto tuo padre, ma questi soldi che ho messo da parte sono tuoi. Lo so che non basteranno a riparare i danni che ha causato, ma magari potranno aiutarti a gettare le fondamenta della vita che ti meriti.

Spero che un giorno potrai perdonarmi per essere stata una madre terribile. Più quell'uomo abusava di me, e più io abusavo dell'alcool per andare avanti. Ormai faticavo a vivere per me stessa, figuriamoci per mio figlio. Lo so, non è una giustificazione valida, ma spero che potrai accettare questo regalo. Costruisci per la tua famiglia la casa dei vostri sogni e compra a Serena tutti i cavalli che riesce a cavalcare. Non sai quanto amavo poter passare tutti i weekend davanti al negozio per poterla intravedere dalle vetrine. Ti assomiglia davvero tanto.

Per quanto possa valere, ti amo e spero che potrai realizzare tutti i tuoi sogni.

Con amore, tua madre.

Quando sollevo lo sguardo, tutti mi stanno guardando. Ho gli occhi velati di lacrime.

"Allora?" Laney solleva le sopracciglia.

"È un assegno di mezzo milione".

"*Cosa*?" strillano tutti in coro.

"Te l'ho mai detto che per me sei sempre stato un fratello?" dichiara Wilder.

Waylon gli dà una gomitata. "Ma piantala!"

Do l'assegno e la lettera a Laney, seduta di fronte a me. Si radunano tutti alle sue spalle per leggere quelle parole che mai in vita mia mi sarei aspettato di poter leggere.

Dopo qualche minuto di silenzio, Laney mi guarda. "Oddio, non ci credo. Quindi sa che è morto?"

"Secondo me, lo pensa almeno mezza città", ammetto.

"Questa cifra può cambiarti la vita, Ayden". Dena mi sorride. "Spero comunque che non deciderai di lasciarci".

"Certo che no, signora Hollis. Però Laney potrà scegliere l'anello di fidanzamento più grande della storia".

Laney sbarra gli occhi, strappandomi una risata.

"Ayden!" sibila, in un sussurro. "Dobbiamo usarli per costruire la casa. Non me ne faccio nulla di un anello esagerato".

Continuo a ripeterle che voglio sposarla. Sa che le farò

presto la proposta, ma non esattamente quando. Mi impegnerò al massimo per sorprenderla. Voglio portarla sul Sentiero del Tramonto, lo stesso in cui l'ho condotta la prima volta che è venuta a trovarmi, e mettermi in ginocchio con l'anello.

Poggio la schiena alla sedia e incrocio le braccia. "Non sono d'accordo. Tutti gli uomini della zona devono sapere che sei mia". Faccio scivolare lo sguardo su Wilder, che finge innocenza.

"I tipi come Wilder manco lo sanno cosa sono gli anelli di fidanzamento. Quindi, per tenerlo alla larga c'è bisogno di un disegnino che gli faccia capire che una donna è già impegnata", ironizza Waylon, e scoppiamo tutti a ridere.

"Bah, secondo me, capirà bene il messaggio quando vedrà il pancione di Laney, tra qualche mese". Le faccio l'occhiolino e lei alza gli occhi al cielo.

"È così che cominciano i pettegolezzi, Ayden Carson", mi rimprovera.

"State provando per il secondo?" chiede Dena, raggiante.

"Tutte le santissime notti", mormora Wilder.

Lo fulmino con lo sguardo.

"*Che vuoi*? Viviamo appiccicati; vi sento".

Laney diventa rossa come un peperone, ma io non riesco a smettere di ridere. Ancora non può dedicarsi a un'attività così *faticosa*, ma mi impegno tutte le sere per farla andare a dormire dopo qualche orgasmo.

"Che c'è di così divertente?" Noah entra nella stanza e si guarda intorno. È tutta sporca e scompigliata per essere andata a cavallo, e indossa un cappello da cowboy che copre i capelli ribelli.

"*Tè*", la prende in giro Wilder, guardandola dalla testa ai piedi.

"Oh, sta' zitto! Sono rotolata giù da Donut durante un'acrobazia". Prova a togliere un po' di terra dalla camicia.

"Noah, prima o poi quel cavallo t'ammazza", le dico. Donut è il suo cavallo da competizione e si allenano insieme prima che cominci a lavorare con gli altri, ma non è sempre molto cooperativo.

"Non è colpa mia! Quel poveraccio non si spaventerebbe sempre così tanto, se Landen la smettesse di girare con quella sua stupida moto vicino all'area di addestramento".

"*Cosa*?" urla Landen, sbattendo con forza la porta. "Non azzardarti a prendertela con me! Quando sono arrivato, eri già per terra".

Entra nella stanza e Noah lo guarda in cagnesco. "Certo, perché il rumore l'ha terrorizzato prima che arrivassi".

"Non è vero".

"Sì che lo è! Mi hai vista cadere! Ne sono sicura".

"Io ti ho vista soltanto lamentarti e rotolare nella terra", esagera ciascuna parola, facendo incazzare ancora di più Noah.

"Vedete di piantarla!" li rimprovera Dena. "Landen, non usare più la moto da cross vicino all'area di addestramento o i paddock. Mentre tu, Noah, devi trovare qualcuno che ti tenga d'occhio mentre fai quelle acrobazie. Gradirei non ti spezzassi il collo".

"Santo cielo, mamma!" sbuffa Noah, sedendosi a tavola. "Non ce n'è bisogno. Basta che nessuno spaventi il cavallo".

Dena stringe con forza le labbra, l'espressione tanto severa che fa paura persino a me.

Noah sospira profondamente. "D'accordo".

"Va bene", afferma Landen.

"Meraviglioso!" Dena batte le mani. "Dunque, adesso chi vuole il dolce?"

Epilogo
Laney

TRE MESI DOPO

M*mh.* Strizzo con forza gli occhi mentre il piacere esplode tra le cosce e risale lungo la schiena. Adoro quando Ayden mi sveglia con la bocca sul clitoride e le dita dentro di me.

"Urla più forte, amore! Lo sai che a Wilder piace sentirti", commenta in tono divertito, al che gli do una sberla sulla testa.

"Non scherzare su queste cose", mormoro, divaricando le gambe. Grazie al cielo, Serena ha passato la notte con Mallory, altrimenti anche stavolta avremmo dovuto fare poco rumore. E invece non ci siamo affatto trattenuti.

Mentre fa scivolare la lingua sul mio sesso, aumenta il ritmo delle dita finché un brivido non mi scuote. Sono in bilico sull'orlo del precipizio, ora che lui soffia sul clitoride, facendomi gemere disperata.

"Voglio vederti venire, dolcezza". Fa roteare la lingua, i movimenti lenti e sensuali.

"Non fermarti! Mi manca poco", rispondo con voce supplichevole, inarcando il bacino verso la sua bocca famelica.

Proprio quando la pressione aumenta, il telefono di Ayden squilla sul comodino.

"*No*", mormoro, l'orgasmo ormai lontano a causa della distrazione.

"Merda, è Garrett", brontola, prendendo il telefono.

"Non azzardarti a…"

"Ehi, capo. Che succede?"

Ma che cazzo? Ha risposto sul serio?

Guarda il mio broncio con un sorrisetto; poi infila il telefono tra la spalla e l'orecchio e si inginocchia di nuovo tra le mie cosce per continuare a stuzzicare il clitoride con la lingua.

Che diamine sta facendo?

"No, nessun problema. Sto facendo colazione". Mi fa l'occhiolino e scuoto furiosamente la testa.

"Non provarci neanche!" sibilo, cercando di allontanarmi.

Mi afferra per il fianco e mi tiene ferma. Con gli occhi fissi nei miei affonda due dita, facendomi sussultare.

"Sì, certo. Dammi giusto venti minuti, così finisco di mangiare e do una bella ripulita. Poi ti raggiungo".

Ayden continua a fottermi con le dita mentre cerco come una disperata di non fare alcun rumore. Poi, per mettermi davvero in difficoltà, comincia a fare pressione sul clitoride col pollice, e a me non resta che coprirmi la bocca con la mano.

Se volessi, riuscirei facilmente a liberarmi dalla sua presa. Però mi deve un orgasmo e non gli permetterò di andarsene finché non me l'avrà dato.

"Perfetto. Allora a dopo".

Quando finalmente chiude la telefonata, lancia via il telefono e gira il polso per arrivare più in profondità. "Urla per me, Laney! Voglio che mi vieni in faccia, così posso sentire il tuo sapore per tutto il giorno".

Ecco le paroline magiche.

Ayden ha sempre avuto questa boccaccia, ma con gli anni è diventata perfino più volgare. Quest'uomo venera il mio corpo come se fossi il suo quadro preferito, un quadro unico nel suo genere.

"Oddio, è stato super intenso", ansimo, facendo fatica a respirare. "Non ci credo che hai risposto davvero".

Si lecca le labbra, poi ripulisce con la lingua le due dita che aveva dentro di me.

"Non volevo che il mio capo interrompesse il mio momento preferito della giornata".

Alzo gli occhi al cielo e sposto le gambe giù dal materasso.

"Aspetta! Pensavo di cominciare una nuova tradizione".

Con cautela, mi fa sdraiare di nuovo e comincia a parlare col mio ventre. "E buongiorno anche a te, piccoletto. Non aver paura delle urla della tua mamma. Le piace, giuro".

Con un sorriso, la scenetta sciocca mi fa scuotere la testa. Vederlo così emozionato mi fa scoppiare il cuore di gioia. L'abbiamo scoperto soltanto due giorni fa, quando ho fatto ben cinque test per sicurezza, e non vedo già l'ora di vederlo stringere tra le braccia il nostro bambino.

Ayden stampa un bacio appena sopra l'ombelico; poi sale fino al seno e succhia un capezzolo.

"Cazzo, vorrei avere più tempo per continuare, ma Garrett mi aspetta alla scuderia. Oggi arriva un nuovo cavallo e il proprietario si è presentato prima del previsto".

"Che palle… Vabbè, significa che dovrai farti perdonare stasera".

La sua bocca trova la mia. "Certamente, *futura signora Carson*. E così anche tutte le notti che abbiamo davanti".

Vieni con me

Mi batte forte il cuore ogni volta che mi chiama così. Ayden è l'unico uomo che abbia mai amato e l'unico che amerò fino al mio ultimo respiro.

Qualche settimana fa, mi ha chiesto se mi andava di fare un'escursione. Mi sentivo molto meglio, ma ero comunque preoccupata di non riuscire a camminare troppo a lungo. Però poi mi ha detto che saremmo andati a cavallo, cosa che non avevo ancora mai fatto dal trasferimento. È stata un'emozione unica, soprattutto perché erano anni che non cavalcavo. Da bambina, mia madre e mia nonna mi portarono a un maneggio, ma poi non ho più cavalcato.

Ayden mi ha preparato un picnic a sorpresa sul Sentiero del Tramonto, lo stesso che mi ha mostrato la prima volta. Era già un bellissimo appuntamento romantico, ma, dopo mangiato, si è messo in ginocchio e mi ha lasciata di stucco. Con un anello di fidanzamento extra-large, mi ha chiesto di sposarlo, e ovviamente gli ho detto un bel *sì*.

Quella sera abbiamo festeggiato in grande al Lodge, con un bel banchetto. Non me l'aspettavo minimamente, finché non sono entrata e tutti quanti hanno urlato *sorpresa!* Mi sono divertita a prenderlo in giro, perché doveva essere decisamente sicuro di sé per organizzare una festa di fidanzamento prima ancora di conoscere la mia risposta. Non che potesse esserci qualche dubbio, però. È stato un vero spasso mostrare a tutti quanti l'anello e potermi finalmente vantare che presto sarei diventata sua moglie.

Ayden ha chiesto prima il permesso a mia madre. Non che ce ne fosse bisogno, ma voleva includere anche lei. Per non escludere Serena, invece, le ha comprato un anellino per farle sapere che ci sarà sempre per lei.

Visto che sono incinta, abbiamo deciso di sposarci in privato e organizzare il ricevimento per l'estate prossima, dopo il parto.

Non vedo proprio l'ora di dire a Serena che finalmente diventerà una sorella maggiore. Fra qualche settimana mia madre ci raggiungerà per il Ringraziamento, e ne approfitteremo per dare a tutti la notizia.

Osservo Ayden che si veste, sexy da morire nei jeans stretti Wrangler e gli stivali da lavoro. Quanto vorrei avere più tempo per poter finire quello che ha cominciato!

"Ricordati che alle quattro incontriamo gli imprenditori edili per discutere della casa", gli dico. Dopo aver firmato per il prestito e gli altri vari contratti, abbiamo cominciato a costruire la casa dei nostri sogni. Hanno stimato che ci metteranno circa cinque mesi, ma si stanno impegnando per completarla in quattro.

"Ci sarò".

Quando ha finito di prepararsi, mi dà un ultimo bacio e poi vola fuori di casa.

Invece di farmi una doccia, rimango a mollo nella vasca finché non devo uscire per il lavoro. Il negozio di souvenir di Dena ha aperto il mese scorso, giusto in tempo per Halloween, ed è già un successone. È aperto al pubblico sette giorni su sette e gli ospiti ne vanno matti. Ci passa anche chi non resta all'agriturismo. Le costole ci hanno messo un paio di mesi a guarire del tutto; così sono riuscita a fare il periodo di prova all'apertura.

Dopo il bagno, fisso il mio corpo nudo allo specchio e mi accarezzo il ventre. Sarò soltanto alla quinta o sesta settimana, ma non vedo già l'ora di avere il pancione. Ayden si è perso tutta la prima gravidanza, e anche io ho perso tanto senza di lui; quindi poter vivere la seconda come una vera famiglia sarà speciale.

Quando sono pronta, mando un messaggio a Dena per sapere come sta Serena.

Vieni con me

Non è ancora tornata a casa, e ho il sospetto che starà via fino a sera. È ossessionata dal ranch e passa tutti i weekend con Mallory e Noah. Adora guardarle durante gli addestramenti e, tra uno e l'altro, loro le offrono lezioni di equitazione. All'inizio ero terrorizzata, ma adesso ci sta prendendo la mano ed è molto brava a seguire le istruzioni.

La ringrazio per l'informazione; poi do una sistemata alla casa, prima di andare in negozio. Dato che la mia macchina è rimasta coinvolta nell'esplosione, ho comprato un nuovo SUV adatto a tutta la famiglia, con lo spazio perfetto per un seggiolino.

"Ehi, Laney", mi saluta Tripp quando entro. Deve aver già finito il suo lavoro alla reception, oppure sta sostituendo qualcuno.

"Come va?" gli chiedo.

"Bah, il solito. Sono passato a dare una mano durante l'ora di punta, ma adesso che sei qui me ne posso andare".

Mi sposto dietro il bancone e ci lancio sotto la borsa. "Oh, resta pure. Scarica qualche scatolone, aiuta con l'inventario… ce n'è di lavoro da fare".

Mi guarda con aria impassibile, che mi strappa una risata.

Gli rivolgo un sorriso per convincerlo a restare almeno durante l'ora di punta. Alzando gli occhi al cielo, annuisce.

Mentre mi occupo della cassa, lui incarta gli articoli in vetro e riempie le buste. Tripp ha giusto un paio di anni in più di Noah e anche lui è un addestratore di cavalli, ma qui al ranch è un po' un tuttofare. Lo so che probabilmente c'è bisogno di lui anche da qualche altra parte; così, appena la fila diminuisce, gli dico che può andare.

"Servo l'ultimo cliente e poi vado", mi dice.

Si avvicina una signora che pare un pesce fuor d'acqua, con un largo cappello e degli occhiali da sole. I capelli scuri le incorniciano il viso, e noto che porta una grande borsa di marca e una giacca costosa.

"Come posso aiutarla?" le chiedo, nel tono più cortese possibile.

"Ciao, Laney", dice, poi si toglie gli occhiali e la riconosco all'istante.

Porca troia!

Tripp deve aver notato la mia espressione sconvolta, perché si avvicina. "Chi è?"

Con un nodo alla gola, fisso la madre di Ayden. "Signora Carson".

"Adesso uso il mio cognome da nubile. Puoi chiamarmi "signora Reynolds"".

"Oh, va bene". Le rivolgo un sorrisino incerto. "Come posso aiutarla?"

Ayden ha incassato l'assegno da mezzo milione e ha usato i soldi per acquistare il lotto di terra e pagare la nuova casa. Se è venuta a chiederlo indietro, non ce l'abbiamo più.

"Beh, prima di tutto, vorrei conoscere mia nipote. E vedere mio figlio".

Epilogo Bonus
Serena

OTTO MESI DOPO

"Sei contenta di conoscere il tuo fratellino?" mi chiede mia nonna, mentre camminiamo lungo il freddo corridoio dell'ospedale. Le altre mie due nonne sono venute dal Texas qualche giorno fa, quando mamma ha cominciato ad avere le contrazioni, e sono rimaste qui durante il travaglio. Pure io volevo rimanere, ma papà ha chiesto alla sua mamma di venire a prendermi e di tenermi a casa sua fino al momento giusto.

"Sì! Voglio tenerlo in braccio!" Faccio un sorrisone. È da mesi che prepariamo la sua cameretta. Non vedo l'ora di cullarlo sulla sedia a dondolo che ho scelto io.

Nonna ride per la mia reazione e mi fa l'occhiolino. Si è trasferita qui l'anno scorso, dopo Natale. È stato bello scoprire che avevo un'altra nonna. Si veste super elegante e, quando mi porta a fare shopping, mi fa scegliere vestiti e accessori costosi. Mamma mi dice che non devo esagerare, ma nonna insiste sempre. Sono la sua unica nipote e abbiamo molti anni da recuperare. Parole sue, non mie. Quindi chi sono io per impedire a una nonna di viziare sua nipote?

Anche lei è emozionatissima per il nuovo bambino. I miei genitori hanno annunciato la notizia il giorno del Ringraziamento, quando eravamo tutti insieme. È stato proprio allora che nonna ha chiesto a papà se poteva trasferirsi più vicino a noi. Voleva una seconda chance per poter tornare a far parte della sua vita. Quando papà ha accettato, sono stata tanto felice.

Le mie altre due nonne invece vivono ancora a Beaumont, ma vengono a trovarci spesso. Quando le ho portate a conoscere Frankie, il mio nuovo cavallo, è stato bellissimo. È un quarter, e Noah mi sta insegnando a cavalcarlo. Quando sarò più grande, voglio imparare tutte le acrobazie che lei fa con Donut. Mamma dice sempre *non pensarci neanche*; invece papà dice *vedremo*.

"Ehi, tesoro", mi saluta papà, quando apre la porta della stanza di mamma. Mi abbraccia forte, poi dà un bacio sulla guancia alla sua mamma. "Il piccolo sta dormendo; quindi non possiamo fare rumore".

Entro in punta di piedi e mi fermo a osservare il fagottino, avvolto in una coperta, che mamma tiene in braccio. Indossa un cappellino azzurro adorabile, ma, quando mi avvicino, mi rendo conto che è davvero minuscolo.

"Vieni qui, amore", sussurra mamma, passandomi un braccio dietro la schiena. Siamo state sole per tantissimo tempo e adesso, più di un anno dopo, ho un papà e un fratellino. Ancora faccio fatica a crederci, però non riesco più a immaginare la mia vita diversa da così. Trasferirci al ranch è stata un'esperienza emozionante e nuova. Mallory e Noah sono le sorelle maggiori che non ho mai avuto. Dena e Garrett sono altri nonni che amano viziarmi, soprattutto con i dolci.

Amo vivere qui.

"Sembra tutto morbidoso", commento, guardando le guanciotte paffute.

Mamma e papà ridacchiano, mentre la nonna resta alle mie spalle.

"Assomiglia al tuo papà quando è nato", mi dice.

"Sei pronta a tenerlo in braccio?" mi chiede mamma.

"Sì!" esclamo, con un largo sorriso.

Mamma mi dà un cuscino e poi mi metto comoda su una sedia. Papà me lo porta e mi fa vedere come tenere la testolina. Guardo il mio fratellino, con un sorriso, e faccio scorrere un dito sulla pelle liscia.

"Beh, avete scelto il nome?" chiede nonna.

Qualche mese fa, durante il *gender reveal*, abbiamo scoperto che era un maschietto. Ero già felicissima, ma poi mi hanno detto che potevo scegliere io il nome. È un lavoro che ho preso molto seriamente, ma c'era solo un nome maschile che potevo scegliere.

L'ho rivelato ai miei genitori un po' di tempo fa, ma ancora non lo sa nessun altro.

"Vuoi dirglielo tu?" mi chiede papà.

Sorrido al piccolino, sperando che piaccia anche a lui. "Howie Adam".

"È perfetto", commenta nonna, con una nota di tenerezza nella voce. "Howie era un uomo meraviglioso".

Visto che io ho il nome della mamma di nonna, ovvero della nonna del mio papà, volevo che anche mio fratello avesse un nome speciale per tutti noi. E, quando sarà grande, gli racconterò tutto quanto sullo zio Howie e su come ha vegliato su di noi il giorno dell'esplosione.

Dopo averlo tenuto in braccio per un'ora, inizia a fare i capricci e ha bisogno di mangiare. Nonna dice che torneremo domani con gli Hollis; quindi abbraccio e bacio tutti quanti prima di andare.

Proprio come io e nonna ci avviciniamo all'uscita, vediamo Fisher che corre verso il pronto soccorso con qualcuno tra le braccia. È il nuovo maniscalco del ranch e Mallory mi ha detto che è anche il padre dell'ex ragazzo di Noah. È con noi da tutta l'estate ed è una brava persona, ma è anche molto silenzioso.

"Chi ha in braccio?" chiedo a mia nonna, mentre lo seguiamo.

"Mi sembra Noah".

Col cuore a mille, guardo Fisher mentre parla con un'infermiera. Un attimo dopo, arriva una barella e finalmente la vedo in faccia.

"Noah!" grido, correndo verso di loro. Nonna mi urla di rallentare, ma non ci riesco.

Fisher sbarra gli occhi quando ci vede, mentre Noah geme di dolore mentre la fanno sdraiare.

"Cos'è successo? Stai bene?" le chiedo, e intanto arrivano altre infermiere.

Noah si lamenta a ogni respiro. Vorrei tenerla per mano e pregarla di riprendersi. Un signore con un camice scuro ascolta il battito cardiaco e le fa qualche domanda sul dolore che prova.

"È caduta dalla schiena di Donut", mi dice Fisher. "Stava facendo qualche acrobazia e… e n-non lo so. Si è spaventato proprio mentre stava facendo una capriola; quindi ha scalciato e…" Mentre prova a ricordare cos'è successo, sembra pallido come un lenzuolo. "Ero lì a tenerla d'occhio, ma è successo tutto troppo in fretta. Un attimo dopo, l'ho vista per terra, immobile".

"Si riprenderà?"

Deglutisce con forza. "Oddio, lo spero. *Deve* riprendersi".

Fisher la segue mentre la portano via. Io e nonna facciamo

qualche telefonata agli Hollis, e poco dopo ci raggiunge anche papà. Mi abbraccia forte e mi assicura che Noah se la caverà.

"Sembrava che Fisher stesse per avere un infarto", gli dico, preoccupata per entrambi.

Nonna si avvicina, come per non disturbare i presenti. "Credo che a Fisher piaccia Noah".

"Beh, certo. Noah piace a tutti", rispondo.

Papà ridacchia. "Intende dire che a lui *piace* piace. Ma ne sei proprio sicura, mamma? Ha il doppio dei suoi anni".

Nonna si stringe nelle spalle, con un sorrisetto furbo. "Beh, me lo dice il mio istinto".

Vorrei chiederle di spiegarsi meglio, ma sono troppo preoccupata per pensarci. Nessuno ci ha più detto niente e comincio ad angosciarmi. Quando arrivano Dena e Garrett, papà torna nella stanza di mamma. Tutti e due mi abbracciano e mi dicono di tornare a casa a riposare, promettendomi che mi diranno qualcosa appena scopriranno come sta.

Mentre nonna guida, ritorno alla conversazione di prima.

"Senti, cosa significa quando a un uomo *piace* piace una donna?"

"Beh… significa che la vede come più di un'amica".

"Come fidanzato e fidanzata?" Aggrotto la fronte.

"Sì, esatto".

"Fisher è molto silenzioso. La fissa sempre, ma parla poco. La guarda come se ce l'avesse con lei; quindi non credo che stiano insieme".

Nonna fa un sorrisetto e mi dà una pacca sulla gamba. "Oh, allora mi sa che è *innamorato* di lei. Gli uomini cupi come lui sono tutti così".

"Eh?" Non ha *alcun* senso.

"Un giorno capirai anche tu, tesoro. Quando sarai più grande e troverai un uomo che non dovresti volere, o viceversa.

A volte è più semplice odiare l'altro, piuttosto che ammettere di amarlo".

Quando arriviamo a casa della nonna, sono ancora confusa da morire. Dato che lei vive in paese, il viaggio è durato poco. Adesso che ho dieci anni, ho il mio cellulare personale; quindi mando un messaggio a Noah, sperando che abbia il suo.

SERENA

Ti prego, dimmi che stai bene, Noah. Non ho saputo ancora niente e ho paura.

Cammino avanti e indietro per la casa, finché nonna non mi dice che mi devo preparare per andare a dormire. Quando le chiedo se ha notizie, aggrotta la fronte. Le fotografie di Howie che mi manda mamma mi tirano su il morale, ma odio che nessuno sappia niente di Noah.

Il giorno dopo, mi sveglio che il sole è già alto nel cielo, e controllo subito il telefono. Lancio un gridolino quando leggo il nome di Noah sullo schermo.

NOAH

Ehi, piccoletta. Adesso sono a casa. Chiamami quando ti svegli.

Per poco non scoppio a piangere per il sollievo, adesso che so che la mia migliore amica sta bene. Vado un attimo in bagno e poi la chiamo su FaceTime.

"Ciao, tesoro", risponde, la voce bassa e ruvida.

"Noah, cos'è successo?" le chiedo subito, notando quanto sembra stanca e debole.

Mi racconta che stava provando un'acrobazia con Donut, ma poi lui si è spaventato e l'ha fatta cadere. Si è fratturata la caviglia e rotta tre costole. Un potenziale cliente vuole che addestri un cavallo per una gara, ma, prima di accettare, Noah voleva provare le acrobazie da sola. Dato che Dena la costringe ad addestrarsi sempre con qualcun altro vicino, aveva chiesto a Fisher, che stava lavorando lì.

"Riuscirai a venire al matrimonio?"

Dovrà partecipare al corteo nuziale dei miei genitori, insieme a me, a fine mese. È da settimane che organizziamo l'evento. Anche se si sono sposati in comune, vogliono comunque una cerimonia e un ricevimento, come ha fatto zio Howie.

"Lo spero tanto, ma soltanto il tempo potrà dirlo. Secondo il dottore, ci vorranno dalle sei alle otto settimane per guarire completamente".

Rimango a bocca aperta. "Rimarrai k.o. per tutto quel tempo? E i cavalli?"

"Dovrà sostituirmi Tripp, e il tuo papà dovrà riorganizzare tutto il programma".

Continuiamo a parlare per un altro po', finché non ricordo quell'altra cosa che volevo chiederle.

"Ehi, nonna dice che Fisher ti ama. È vero?"

Sbatte le palpebre; poi si lecca le labbra e sposta lo sguardo da un'altra parte, come se non fosse sola, ma poi lo riporta sul telefono.

"No, tesoro. Perché avrebbe detto una cosa del genere?"

Mi stringo nelle spalle. "Dice che se lo sente. Tipo per il modo in cui ti guarda".

Noah diventa tutta rossa, magari perché ha caldo. "Dai, adesso devo riposare. Però ti scrivo più tardi, ok?"

Annuisco, con un largo sorriso. "Ok! Io tra poco vado a trovare il piccolo Howie. E poi chiedo a nonna di portarmi da te".

Sorride e mi dice che va bene; poi ci salutiamo.

Dopo aver fatto colazione, mi vesto e poi vado all'ospedale con nonna.

"Beh, sei riuscita a parlare con Noah?" mi chiede, mentre guida.

"Sì!" Le racconto quello che ci siamo dette, compresa la sua risposta su Fisher.

"Ma davvero?" Il suo tono divertito riecheggia nell'auto. "Ah, questi giovani… si innamorano e lo negano pure".

Il modo in cui canticchia le parole mi strappa una risatina.

Non so se Noah mi ha detto una bugia, ma lo scoprirò a tutti i costi.

Se vuoi scoprire la verità, leggi la storia di Noah e Fisher in *Qui con me* ;-)

Qui con me

Una storia autoconclusiva dell'autrice di romanzi di piccoli borghi Brooke Montgomery in cui l'amore vince nonostante l'insidioso ostacolo della differenza di età, dove un'audace addestratrice di cavalli ignora tutte le regole e si innamora del padre del suo ex…

Quando ci siamo conosciuti al rodeo, mi ha detto soltanto il suo nome.

Tra di noi è scattata subito la scintilla, e abbiamo passato insieme una notte indimenticabile.
Soltanto il mattino seguente riconosco il suo cognome e capisco chi è in realtà.

Quindi, faccio quello che farebbe qualunque donna sana di mente e me la svigno mentre lui dorme ancora.
Tanto so che non ci rivedremo mai più e che non mi toccherà dargli una spiegazione.

Qui con me

Ma il mondo mi cade addosso quando si presenta al ranch della mia famiglia come nuovo maniscalco.

Tra di noi non può esserci nulla più di un'amicizia… per numerosi motivi.

Ha il doppio dei miei anni, le relazioni sul lavoro sono off limit, ed è tornato in paese per ricucire i rapporti con suo figlio… nientemeno che il mio ex.

Portare il nostro rapporto al livello successivo rovinerebbe tutto.

Mentre camminiamo sul confine tra il giusto e lo sbagliato, il nostro legame si fa sempre più profondo, nonostante lui dubiti di meritare una seconda chance a causa del suo passato.

Ma non ha alcuna importanza neanche quando tutto sembra contro di noi, incluso un rivale che non mi dà pace, e il mio ex che prova con determinazione a riconquistarmi.

Quando mi faccio male di fronte a lui eseguendo un trucco a cavallo, insiste per prendersi cura di me. Da soli contro il mondo, decidiamo di tenerci per noi la verità.

Ma i segreti non rimangono tali a lungo, in un paesino del sud.

Qui con me è il primo libro della serie Sugarland Creek. È perfetto per gli amanti delle storie d'amore con differenza di età 20+, con il padre del proprio ex, sul luogo di lavoro, con opposti che si attraggono e con una relazione segreta. Ciascun libro di questa serie ambientata in un borgo del sud è autoconclusivo e termina con un lieto fine.

Circa L'autore

Brooke ha cominciato il suo percorso nel 2013, sotto gli pseudonimi di autore bestseller di *USA Today*: Brooke Cumberland e Kennedy Fox, e al momento **Brooke Montgomery**. Ama scrivere romanzi d'amore che catapultano il lettore in piccoli borghi unici, con famiglie numerose e storie che si concludono con un lieto fine. Abita nella gelida tundra di Green Bay, la "Nazione dei Packer", insieme a suo marito, una teenager ribelle e quattro cani. Quando si prende una pausa dalla scrittura passa il tempo a leggere, guardare video ASMR o vlog su YouTube, oppure a fare maratone di episodi arretrati di serie TV! Brooke non può vivere senza il caffè freddo, i leggings e i pisolini. Ha scoperto la sua passione per la scrittura durante un inverno universitario… e nessuno è più riuscito a fermarla.

www.brookewritesromance.com

Seguimi sui social: